ラルーナ文庫

秘密のオメガとアルファの貴公子——契りの一夜

小中 大豆

三交社

CONTENTS

Illustration

兼守美行

秘密のオメガとアルファの貴公子

――契りの一夜

本作品はフィクションです。
実際の人物・団体・事件などにはいっさい関係ありません。

一

あの夜の熱と快楽を、今でも覚えている。

血が煮えたぎるかと思うほど、身体《からだ》中が熱を持っていた。彼の肌が、吐息が、この身に触れるたびに、目の眩《くら》むような快感が駆け抜けた。

初めて抱かれるはずのこの身体は、まるで手練《てだ》れた娼婦《しょうふ》のように柔和に男を迎え入れ、彼を悦《よろこ》ばせた。

戸惑いより恐怖より、嵐《あらし》の海のように激しい快感と、そして彼に抱かれる喜びのほうが勝っていた。

抱かれたのはあの夜、たった一度だけ。

数年経っても褪《あ》せることのない思い出は、今も時折、夢や白昼夢となってこの身体を甘く苛《さいな》む。

「大将、大将」

男性の呼ぶ声に、水野優吾《みずのゆうご》は我に返った。窓際の席で、年配の常連客が手を振っている。

「すみません、ぼーっとしちゃって。お冷ですか」

笑顔で取り繕う。寝ていたわけでもないのに、ぼんやりしていた。

「うん。あとコーヒーのお替わり。大丈夫？　具合悪いんじゃないの」

「いえいえ大丈夫です。すみません。店を継いでからどうも、のんびりする癖がついちゃって」

正直に言えば、少し身体がだるい。いつものやつだ。

今月はちょっと早いんじゃないのか、とカレンダーを見ながら思う。あとで薬を飲んでおかなければ。いやそれより、糖分を摂取するほうが先か。

「喫茶店なんだから、のんびりするくらいがいいんだよ。せかせかされちゃあ、客がかなわない。大将もようやく板についてきたね」

以前はよく、「大将はやめてくださいよ」というようなやり取りをしていたのだが、常連客がみんな「大将」と呼ぶので、面倒になってこの呼び名を受け容《い》れている。

この場に先代マスターの祖母がいれば、

「この子が大将だったら私はなんだい。大隠居かい」

などと軽口の一つでも叩《たた》くのだが、あいにく彼女は今、友達と旅行に出ている。祖母に似ず元来が寡黙な優吾は、にこやかに笑って「ブレンドでいいですか」と尋ねるのがせいぜいだった。

二十八にもなって、人見知りもないものだ。かつて社長秘書を務めていた頃はもう少し覇気があったし、初対面の相手との調整や交渉も問題なくやれていたはずなのに。

カウンターに戻ってコーヒー豆を挽《ひ》きながら、もうちょっと喋《しゃべ》れるようにならないとな、と反省する。

もともと優吾は自信がなく、内向的な性格だった。外見もパッとしない、のっぺりした顔だと思う。

目尻《めじり》が垂れた、ぽってりとした一重まぶたの目は真顔でも微笑《ほほえ》んでいるようだとよく言われる。上背は百七十センチちょっとで、身体つきも華奢《きゃしゃ》だ。中学までは女の子に間違えられることがしばしばあって、それがコンプレックスだった。

社会人になって、見違えるように社交的になれたのは、好きな仕事をしているという喜びと、それから素晴らしい上司に恵まれたからだろう。

内に内に向かっていた性格が、大きく開け放たれていくのが自分でもわかった。

だから息子の幸多《こうた》が生まれる前、ある変化が起こって、それらの充足感がすべて無に返ってしまった時は、怖くてたまらなかった。

重大な変化のせいで、一時は自分の部屋の外に出るのも恐怖だったのに、今こうして一人で店を回していられるのは、周囲の協力のおかげだ。

自分は人に恵まれていると、優吾は思う。家族や店の協力者、それに昔ながらの常連客たちが、今の優吾を支えてくれている。

『珈琲《コーヒー》みずの』は、下町にあるレトロな喫茶店だ。喫茶店を開くのが夢だった祖母が、四十年前に始めた。

内装は木材にこだわり、ぬくもりのある木目調のテーブルが使われている。金型業の経営が堅調だった祖父が、祖母のために張り込んだのだそうだ。

椅子《いす》の革を張り替えたり、壁を塗り替えたりとメンテナンスはしているものの、調度は四十年前のまま。店内には有線のクラシック音楽が流れ、客はめいめいにおしゃべりをしたり、新聞を読んだりしている。

優吾は子供の頃、祖父母とは別に住んでいたが、歩いてすぐの場所だったので、この店にもよく遊びに行ったものだ。

店の常連客は優吾のことを「優吾君」「優ちゃん」と呼んで、祖母が店で忙しい時には話し相手になってくれたり、飴《あめ》やらお菓子やらをくれたりした。

彼らは今も変わらず店に来てくれる。息子や孫のように可愛《かわい》がっていたかつての子供を、「店長」「マスター」と呼ぶのは気恥ずかしい、というのが、「大将」と呼ばれるようになった所以《ゆえん》だった。優吾にとっては「大将」のほうが恥ずかしいのだが。

とはいえこうして、ぼんやりしていても怒るでもなく、むしろ体調を気遣ってくれる、優しい人たちが周りにいるおかげで、優吾のような者でもいっぱしの顔をして喫茶店のマスターを気取っていられるのだった。

「そろそろ、幸ちゃんたちが帰ってくる時間かしらね」

年配の男性客にコーヒーのお替わりを出し、店内の客にお冷を注いで回っていると、同じく常連の老婦人が店の時計を眺めて言った。周りの客たちも「そうだね、そろそろだ」と顔をほころばせる。

その時ちょうどタイミングよく、店の前の通りにチリンチリン、と自転車のベルの音が響いた。

「とおちゃーくっ」

若い女性の声がして、子供たちのはしゃぐ声が続く。窓際の客が「お、噂《うわさ》をすれば」と通りを覗《のぞ》いた。

「ユウちゃん、たぁいまっ」

数秒ののちに店のドアが開いて、幼い子供が顔を覗かせた。優吾の息子、水野幸多である。幼稚園から帰ってきたのだ。

「おかえり、幸多」

顔が自然にほころぶ。ハニーブラウンの髪がピンピンと四方八方に跳ねて、まるでアヒルの子みたいだ。明るい琥珀色《こはくいろ》の瞳《ひとみ》が、きらきらと煌《きらめ》いていた。

いつも店に入る時、四肢をやたらと張って仁王立ちするのが可愛くて、人目を憚《はばか》らず写真を撮りたい衝動に駆られる。

ドアに近づいて小さな身体を掬《すく》い上げると、ぽわぽわと幸多の髪が優吾の頰《ほお》をくすぐった。お日様と汗の匂《にお》いがする。

「加奈《かな》ちゃん、芹《せり》ちゃん、ありがとう。毎日悪いね」

幸多を送り届けてくれた、加奈と芹奈《せりな》の母娘に礼を言う。いつも幼稚園のお迎えは祖母がしてくれるのだが、今は旅行中なので、加奈が代わってくれていた。

「悪くなんかないよ。どうせ帰る道なんだから」

祖母に似た、威勢のいい口調で言う。加奈は優吾の従姉《いとこ》だ。同じくこの下町生まれで、洋菓子店を営む優吾の同級生と結婚して、今も近所に住んでいる。娘の芹奈は幸多より一つ年上で、同じ幼稚園に通っている。

「あ、加奈ちゃん。お菓子の仕入れの数なんだけど。明日から十日ほど、いつものように増やしてもらえないかな」

颯爽《さっそう》と立ち去ろうとする加奈を、幸多を抱えたまま呼び止める。

『珈琲みずの』で出すスイーツは、優吾の同級生で加奈の夫、谷口《たにぐち》が作っている。洋菓子店の二代目で、谷口自身は高校を出て有名なパティスリーで修業をしている。

洋菓子店は初代の父がまだまだ采配《さいはい》を振るっているが、『珈琲みずの』に卸すケーキだけは、谷口のオリジナルだった。優吾が喫茶店を継ぐと決まった時、谷口に提案したのだ。

ケーキが二種類とプリンの三種類。種類は少ないが、評判はいい。最近では、このケーキやプリンを目当てに来る客も増えていた。

「もちろん、いいよ。旦那《だんな》も今朝《けさ》、そろそろかなって言ってたから。まいどっ」

毎月、決まった頃になるとスイーツの仕入れが少量増える。少量増えても大した儲《もう》けにはならないし、場合によっては手間が増えるだけだろう。なのにその理由を詮索《せんさく》せず、いつも快く応じてくれるのがありがたい。

「ありがとう。よろしくお願いします」

丁寧に頭を下げると、「こちらこそ」と軽快に笑って加奈と芹奈は帰っていった。

「さて。じゃあ、ばあばのところに行こうか」

優吾に抱えられ、芹奈に小さな手を振っていた幸多は、その提案にきゅっと眉《まゆ》を引き上げ「や……」と難しい顔を作った。

「お店いく」

じたばたと身をよじる。腕から下ろすと、すたすたと歩きだした。優吾はため息をついて店のドアを開ける。中では常連客が、相好を崩して幸多を迎えた。

「おかえり、こうちゃん」

「たぁいまー！」

大人たちが次々に「こうちゃん」と呼びかけるので、幸多はたちまちパアァッと顔を輝かせた。

店に出るとこうして、いろいろな人が名前を呼んで構ってくれるので、嬉《うれ》しくて仕方がないらしい。

家に帰れば優吾の母がいるし、優吾もなるべく幸多との時間を作るようにしている。そこまで寂しい思いをさせていないつもりだが、しかし、赤ん坊の頃からたくさんの人に囲まれて育ったせいか、賑《にぎ》やかな空気を感じると、つとそちらに吸い寄せられるようだ。

（まったく、誰《だれ》に似たんだか）

小さな息子の背中を追いかけつつ、胸の内でつぶやく。

あの人も、賑やかな場所が好きだった。人通りの多い真昼の公園で昼寝をするのが好きだったっけ。落ち着かないのではないかと尋ねたら、人の声や気配がするほうが落ち着くのだと。

他愛《たわい》もないエピソードだ。それでも、幸多のもう一方の親の話を、優吾は滅多に口にはしない。話せないことが多すぎるからだ。

優吾は幸多の父親で、母親は幸多を産んですぐに亡くなった。優吾は幸多が生まれる一年ほど前にアメリカに渡り、幸多の母親と出会って子供をもうけた。

母親が出産と同時に亡くなり、さらに優吾は完治の難しい病気を発症したため、幼い息子を連れて実家に戻ってきた。アメリカ人実業家の秘書という仕事を辞め、男手一つで子供を育てるために――。

これは、表向きの優吾と幸多のプロフィールだ。これらの話はほとんどすべて偽りであることは、優吾の祖母と母、それに三つ年上の姉しか知らない。

そもそも優吾は、アメリカに渡航すらしていない。ずっと国内にいたのだが、幸多のはっきりした目鼻立ちと明るい色の髪と瞳が、偽のプロフィールに説得力を持たせていた。

優吾が難病を患い、生まれたばかりで母を亡くしたという話を不憫《ふびん》に思ってか、常連客や近所の人たちはみんな、幸多に母親という言葉を向けない。

その気遣いがありがたく、それに申し訳なかった。

真実は、口にはできない。時代が変わって、優吾の持つ特殊な体質がもっと世に知られれば、打ち明けられるかもしれないが、そんな時代がくる保証もなかった。

幸多が大きくなって、果たして本当のことを言えるのか、自信もない。

どうして言えるだろう。言ったところで、誰が信じるだろう？

幸多の父親は優吾ではない。優吾こそが幸多の母親だなどという、奇妙な真実を。


『オメガバース症候群』という言葉を、いったいどれだけの人が知っているだろうか。

少なくとも、優吾は自分がそうなるまで知らなかったし、医者でさえ知っている者は稀《まれ》のようだった。

性分化疾患の一つと捉《とら》えられているようだが、はっきりしたことはわかっていない。

優吾は思春期に入ったあたりから、定期的に身体の火照《ほて》りや倦怠《けんたい》感などとともに、性的な欲求を強く覚えるようになった。

ただ、年頃になれば性的欲求を覚えて、ともすれば持て余すようになるのは当たり前だったし、これに倦怠感や火照りが加わっても、特に異常だとは思わなかった。

性器ではなく、もっと奥、後ろが強く疼《うず》いて、そこで自慰をするようになった時には、自分は同性愛者なのかと悩んだことがあったけれど、ネットで調べたりして、同性愛者や異性愛者にかかわらずそうした刺激を求める人がいるのだとわかって、安心していた。

自分の性癖に少しばかり後ろめたさを持ちつつも、周りの男子たちとなんら変わらずに成長した。

体調の悪化が顕著になったのは、大学生活三年目のことだ。

優吾は経済学部で経営学を学ぶかたわら、趣味として学芸員資格の単位を履修していた。

当時は仕事にしようと思っていたわけではなく、単純に美術鑑賞や美術史や、文化史などを浅く広く勉強していたら、学芸員資格の講義に行きついたというだけだった。

講義に出るうちに美術史の教授と仲良くなって、そんなにこの分野が好きなら……と、大学二年の時、アルバイトを紹介された。

日本在住のアメリカ人実業家が趣味で経営しているギャラリーで、その事務員の一人として採用されたのだった。

そこはギャラリー……画廊というより、知識人や富裕層が集まるサロンのような場所だった。

Jというアメリカ人の経営者が、ごく個人的な事情から開いた場所で、はなから採算度外視で儲けなど考えていないようだった。

そのせいか、ギャラリー内で働くスタッフも含め、万事がのんびりしており、それでいて様々な人脈や美術品、造形物や情報などが密に集まって、若い優吾を圧倒した。

アルバイトが楽しくて楽しくて、大学の授業もそっちのけになるくらいだったが、一年ほど経ってから体調を崩し始めた。

ちょうど、あの人に出会った頃からだ。

定期的に訪れる倦怠感や身体の火照り、性的欲求が顕著になり、時には布団から起き上がるのも辛《つら》い時があった。

しかし、ピークを数日過ぎると、何事もなかったかのように治ってしまう。一時、倦怠感と火照りを訴えて病院に行ったものの、異常もなく疲労が溜《た》まっているのだという診断で終わってしまった。

今になってみればこの突然の変調は、あの人と出会ったことにより引き起こされたのだとわかるのだが、当時の優吾には、いや、誰にもわかるはずがなかった。

卒業を目前に控えて忙しく、一人暮らしなこともあって、症状が顕著になる数日を誤魔《ごま》化《か》してやり過ごしていた。

目まぐるしく時間が過ぎる中、アルバイト先にそのまま就職することが決まった。ギャラリーの事務職から半年で社長秘書という待遇になったのは、それまでのアルバイトでの仕事の積み重ねがあったからだ。自分の仕事が認められたことが嬉しくて、優吾は張り切った。

しかし、社会人になって一年を過ぎる頃になると、原因不明の体調不良はさらに顕著になっていた。

月に数日は体調不良で休むようになり、会社の人たちにも心配されたが、ここで期待に応《こた》えないわけにはいかないと踏ん張った。

そしてあの日。社会人二年目のバレンタインデーのあの夜、過ちが起こった。

気持ちの整理がつかない中、さらに身体に異変が起こり、病院に駆け込んだ。

その時の症状は、いつもとは違っていた。倦怠感のほかに異様な眠気や、吐き気を覚えた。食事もろくに摂《と》れない。

今まで感じたことのない、腹部が引き攣《つ》れるような痛みもあり、心配になって受診したのだが、一軒目の病院ではやはり、異常がない、精神的なことだろうと言われた。

二軒目の病院に行った時、前の病院の検査ではなかった極度の貧血を起こしていて、すぐに総合病院で精密検査を受けるように言われた。

にわかに不安を覚えた三軒目、エコーだのCTだのと検査を受け、担当医からさらに別の病院に行ってほしいと言われた。

「ある症状が疑われますが、ここでは検査できないんです」

それで紹介された先は、優吾が初めてその名前を耳にする、国立の医療センターだった。命に関《かか》わるかもしれないので、必ず受診するように、と何度も言われて、青ざめた。

もしかしたら、自分は死んでしまうのかもしれない。その直前に起きたバレンタインデーの過ちも、頭から吹き飛んでいた。

すぐさま医療センターへ行くと、そこでも様々な検査をされた。一日だけでは終わらず、何日も検査に通ってようやく結果が出た。

そこで優吾は初めて、自分の身体が普通の人々とは違うことを知らされたのだった。

「オメガ……バース？　どういう病気ですか」

聞きなれない言葉に戸惑った。医師は穏やかだが感情の見えない顔で「病気ではありません」と答える。

「性分化疾患の一つと捉えられていますが、まだはっきりしたことはわかりません。ただ、適切な処置をすれば命に別状はありませんし、普通に生活することができます。抑制剤がありますから、むしろ以前よりは楽になると思いますよ」

医師としてはまず、患者を安心させたかったのだろう。命に別状はないと言われてホッとしたが、しかしやはりよくわからなかった。そもそも、性分化疾患、という言葉すら聞きなれない。

「性分化疾患というのは、性の形が生まれつき、普通とは少し違うことを指した言葉です。しかし、オメガバース症候群は、ここ最近になってようやく認知されてきたもので、まだ何が要因でそうなるのか、わかっていないんです」

「俺……私のこの症状は治るんですか」

要領を得ない説明に、焦《じ》れて言った。毎月のように体調不良になるのでは、仕事にだって差しさわりが出る。

（いや、もう今の仕事は辞めなくちゃならないかもしれないけど）

命に別状がない、と聞いて心に余裕が出たのか、また思い出してしまった。そんな優吾の感情に追い打ちをかけるように、医師はこともなげに告げる。

「治る、ということはありません。先ほども言ったように、病気ではないのでね。でも、薬を飲んで適切な行動をしていれば、問題はありませんよ」

「でも実際、日常生活に問題が出てるんです。それも毎月のように」

「女性の生理と同じですね。いや比喩《ひゆ》ではなく、女性の月経前症候群と同様に考えていただければわかりやすいでしょう」

中年の男性医師が微笑みさえ浮かべるのに、何を言ってるんだと憤慨しそうになった。優吾の怒りを感じ取ったのか、医師は少し表情を引き締めて「あのね、水野さん」と口調を変えて語りかける。

「これからもっと重要なことを言います。先ほど性分化疾患と言ったように、水野さんの身体……とくに生殖器官に関しては、普通の男性と少し違うんです。もちろん、女性と結婚して子供を作ることもできますよ」

だったらなんなのだ、と叫びそうになった。医師の話は、何か話の核心を避けてその周りをぐるぐる回っているように感じる。

男性医師は半身を捻《ひね》ってカルテの置かれた机に向き直り、「いくつか確認をさせていただきます」と前置きした。

「水野さんはこの半年の間に、同性と性交渉をされましたか」

その質問に、ガツンと頭を殴られたような衝撃を受けた。あの夜のことと、今回の症状に何か関係があるのか。

心臓がドキドキと激しく脈打つのを感じながら、何も答えられずにいると、医師は「されましたね」と確信を持った声で言った。

「では、まず間違いないですね。尿検査の結果も出ていますし」

「先生……」

縋《すが》るように見る優吾の前で、医師は机の上に広げられたいくつかの検査結果の中から、エコーの画像を引っ張り出して優吾に見える位置に置いた。

荒い砂のような画像の中の、白っぽい塊をボールペンで示す。

「ここ。これが赤ちゃんです」

「は?」

思わず笑ってしまった。だが医師は、その笑いを咎《とが》めるようにじっと見つめ返す。

「赤ちゃん、胎児ね。水野さん、あなたは妊娠しています」

優吾の表情から、笑いが滑り落ちた。


オメガバース症候群は現在のところ、男性の症例しか確認されていないそうだ。

呆然《ぼうぜん》とする優吾に、医師は最初の症例が認められた経緯や、ここ十年で急速に進展した同症の研究について、いささかくどく感じるほど丁寧に教えてくれた。

あとで知ったが、優吾を診察したこの医師は、国内で数人しかいないオメガバース症候群の研究者なのだそうだ。

「オメガバースの問題を抱えて受診される患者さんの九割が、オメガ性を持つ方です。水野さんもオメガです。しかし実際、このオメガバースの問題はオメガ性だけではありません。もう一つの性が密接に絡み合っているんです」

医師は何かの書類の裏に、「α、Ω、β」とマークを描いて見せた。

「オメガ。これが水野さん。ベータというのは便宜上の分類ですね。オメガバース症候群ではない、ごく普通の……水野さんが異常というわけじゃないですよ……つまり、その他大勢の男性を仮にベータと分類したんです」

この研究においてはまず、人間の持つ男女の性のうち、男の性をさらに三つに分類することから始まるという。

アルファ、オメガ、ベータ。オメガバースの特徴が見られないすべての男性を、ベータと定義する。

次がオメガ。優吾のことだ。オメガは二次性徴を終えたあたりから、ほぼひと月に一度の周期で身体の火照りや倦怠感、それに強い性的欲求を覚えるようになる。

男性との性交を強く望むようになることから、かつては色情症、つまり精神疾患の一種と診断されていた。

しかし、精神疾患では説明のつかないことが多く、さらにもう一つのオメガバース性、アルファがオメガに強い影響を及ぼしていることが認知され、そしてアルファとの性交によるオメガの妊娠例が発見されると、これが病理ではなく新たな性の形なのだと結論づけられた。

「つまり水野さんのオメガ性というのは、人間が持つ性別の一つの形態なんです」

人間は他の哺乳類《ほにゅうるい》と同様、女性しか妊娠しないと考えられていたが、男性の中でもごく稀に、オメガと分類される人間は妊娠が可能だということがわかった。

ただしこれは、アルファとの性交に限る。単純に症例が確認されていないだけかもしれませんが、と医師は付け加えたが、ベータとオメガとの性交による妊娠の例はない。

そもそもオメガは、月に一度、身体が発情の状態を示すが、これも男性に対して発情するというより、アルファに向けられたものだという。

「その証拠に、発情期のオメガは固有のフェロモンを発することがわかっています。しかし、ベータや女性にはこのフェロモンを感知できません。男性の中でもアルファだけがこれを受け取ることができるのです。ベータの中でもごく稀に、感知できる人がいますが、アルファほど顕著ではありません」

　オメガの発情のフェロモンに影響を受け、アルファも発情する。これによってアルファもオメガに向けたフェロモンを分泌するようになり、発情したアルファとオメガは互いに大きな性的興奮を覚え、多くのケースで性交渉に発展するという。

　時にはそれぞれ既婚者であったり、別にパートナーがいる場合もある。そもそも同性愛者ですらないケースもあったが、発情の影響は強く、その場合の理性はあっけなく脆《もろ》いものなのだそうだ。

「言ってみれば本能ですからね。理性だとか、感情は関係ないんです」

　やむを得ずパートナー以外の相手と性交渉をしたとしても、仕方がないことだ。医師の口調は、暗にそう言っているようにも思えた。

「……本能」

　あの夜を思い出す。確かにその数日前から、優吾はいつもの症状に悩まされていた。そういう時は休みをもらうのに、無理に仕事に出たのは、その夜、あの人と食事の約束をしていたからだ。せっかくプライベートであの人に会えるのに、体調不良だという理由でふいにしたくなかった。

　顔を合わせた時から、あの人はおかしかった。今思えば、その時すでに優吾の発情のフェロモンにあてられていたのだろうか。

そしてあの人も、世界中でも稀なオメガバース症候群の一人、アルファだったのか。

「水野さんは今、妊娠中ですので、出産まで発情期はありません。赤ちゃんが生まれてしばらくして、身体が回復したらまた、定期的に症状が出てきます。女性の生理と一緒ですね。これは中高年になるまで続くと考えられています。ですのでそれまではずっと、発情の症状を和らげる薬と、フェロモンの分泌を抑制する薬を飲み続けることになります」

それでも、この薬で倦怠感や性的欲求はほぼ抑えられるのだという。しかしそれより、優吾には気になることがあった。

「赤ちゃんが生まれたらって……。俺がその、出産を？」

医師はすぐには答えず、じっと優吾を見た。

「中絶は可能ですよ。女性と違ってオメガの場合、妊娠が予測しがたいことだというのと、母体の健康を優先するという理由で、妊娠六か月を超えても中絶することが許されているんです。ですが、処置をするなら早いほうがいいでしょう。オメガの場合、初期の妊娠でも入院が必要ですから」

どうしますか、とは聞かれなかったが、優吾の判断を待っているのがわかった。

だが、すぐには答えられなかった。判断できるはずがない。自分が妊娠したということだって、半信半疑なのに。

「相手の、アルファと思われる男性とは、このことを相談したり、協力していただくことは可能でしょうか」

医師は控えめに提案した。優吾は即座に首を横に振った。そんなこと、できるはずがない。あの一晩のことを、彼はきっと後悔しているだろう。

言えば金銭的な協力はしてくれるかもしれないが、優吾が頼みたくなかった。

「ではご家族の方に」

優吾の反応を見越していたように、医師は続けた。

「言いづらいとは思いますが、一度、どなたかご家族を連れてきていただけませんか。私からご家族に説明します。どういう選択をするにせよ、入院と手術は避けられません」

オメガの出産は、帝王切開になるとのことだった。その上、出産までは入院し、栄養を入れたり様々な処置をしなければならない。自然な環境では胎児が育ちにくいのだそうだ。

そしてこれこそが、オメガバース症候群の発見が現代までされなかった理由でしょうと、医師は言っていた。これまでもオメガの妊娠はあっただろうが、母体にいる段階でほとんどが死亡してしまったのだろう。運よく臨月までもったとしても、適切に母体から取り出される可能性は極めて少ない。男性の身体ゆえに、腫瘍《しゅよう》などと間違えられ、外科手術によって命を落としたケースもあるかもしれない。

さりとてそんな話をされても、優吾にはやはり、お腹の中に別の生命が宿っているという事実が受け容れられなかった。

なるべく近日中に、家族を連れてくること、日取りが決まったら診察の予約を入れるということで、その日は終わった。病院を後にし、一人で暮らすマンションに戻ろうと思ったが、どうしても帰る気になれなかった。

自分は普通の男性ではなかった。そしてこのお腹の中に、新たな生命が宿っている。あの人と、自分との子供が。

あの夜のことは、本当にただ一度きりの過ちで、互いの中に苦い記憶として残るだけのはずだった。なのにそれでは終わらず、優吾はここで、命を生かすか殺すかという選択を一人でしなくてはならない。

(なんで、俺だけ……)

どうして自分だけ、こんな目に遭わなくてはならないのだろう。一人で背負いたくない。誰かに相談したい。でも、こんなこと友達にも言えない。

その日は、優吾の心を表したかのようにどんよりと曇った日だった。次第に日が沈み暗くなっていく空に気持ちが圧《お》し潰《つぶ》されそうになって、ほとんど衝動的に電車を乗り換えた。

それは実家へ向かう電車だった。社会人になってからは、まとまった連休以外には戻ることはなかった下町に、ただ流されるように赴いた。

実家といっても、優吾が生まれ育った家はもうない。家を建てた父は、優吾が大学に入る年に突然の病で亡くなった。父は、子供たちは社会に出たら独り立ちすべし、という考えだったから、姉はすでに実家を出ていて、優吾も忙しい社会人になってから一人暮らしをするより、学生のうちにと、大学の近くに下宿する予定だった。

父のいない家に一人で住むのは心細いと、母は家を売って『珈琲みずの』のある実家に戻ったのだった。

だから今は、祖母の家が優吾の実家だ。祖父はずっと前に亡くなっていたが、優吾の姉が同棲《どうせい》相手と別れて戻ってきていて、その当時、実家には女三代が揃《そろ》って暮らしていた。

平日の夕方、突然ふらりと戻ってきた優吾を、母は驚いた顔で迎えた。だが、すぐに何かあったとわかったのだろう。何も言わずに「晩ご飯、食べるでしょ」とだけ言った。

母の何気ない言葉を聞いた途端、なぜかホッと気持ちが緩んで涙が出た。泊めてほしいという優吾を、やはり母は何も聞かずに「もちろん、いいわよ」と請け合った。

やがて店から祖母が戻り、姉も仕事から帰ってきて、しょんぼりした優吾の姿に驚いていたけれど、彼らは何も聞かずにいてくれた。優吾はそのまま実家に二晩泊めてもらい、三日目の朝、実は……と自分の身に起こったことを家族に打ち明けた。

男性と性交渉を持った、ということを告げるのは恥ずかしくて、最後まで曖昧《あいまい》に濁したおかげで、彼女たちは最初、優吾が何か精神的な病になったのだと思ったようだ。

オメガバースを診断した医師の名刺と、おそらくこんなことのためにと医師が持たせてくれた診断書を見せて、ようやく優吾の妄想ではないと納得してくれた。

それでもやっぱり、半信半疑だったらしい。それは優吾も同じだ。

「とにかく、そのお医者さんに話を聞いてみましょ」

祖母の一声に縋るように、病院の予約を入れ、家族全員で話を聞いた。みんな仕事があったが、休んでくれた。

医師も丁寧に説明してくれた。早期中絶の場合でも、オメガは入院が必要なこと、中期に入ると回復までに入院が長引くこと、また出産する場合でも、妊娠三か月目くらいから分娩が終わるまで、母子の生命維持のために入院が必要だと言われた。

どちらも優吾にとっては憂鬱《ゆううつ》な選択だった。一つの命を抹消することも、産んでこの先、一人で育てることも。

唯一、救いのある話といえば、オメガバース症候群の臨床研究のため、入院費用を含めた医療費がすべて無料になる、ということくらいだろうか。

話を聞き終えて家族四人、病院から家に戻ってきたが、誰もどうすればいいのかわからなかった。しかし、選択に残された時間はそう多くはない。

「相手の人には、やっぱり話せないの？」

控えめに尋ねる母に、優吾は首肯するのが精いっぱいだった。

会社にはすでに、退職届を出していた。ずっと体調不良を理由に休んでいたが、オメガバースの診断を受けた直後、すぐに退職届を郵送した。あの人と会うのが気まずいという気持ちもあったが、どのみちアルファがいる職場では、もう働けないと思ったからだ。

「日本ではあまり知られてないけど、母国では有名な資産家なんだ。子供は彼と俺だけの問題じゃないし、俺やうちの家族が嫌な思いをするかもしれない。彼に言えば金銭的な援助はしてもらえるかもしれないけど、それは俺が嫌なんだ」

あの人自身、父親の後継者問題でさんざん嫌な思いをしてきた。だから母親の母国である日本に来たのだが、それはともかく、不意の妊娠など彼は喜ばない。

冷静で誠実な人だから、医師とともに説明を尽くせばオメガバース症候群については信じてもらえるはずだ。言ってわからない相手ではない。誰より頼もしい人だ。それにもし子供を出産するとして、経済的な援助があるのはありがたい。

でも優吾は言いたくなかった。なぜそんなに依怙地《いこじ》になるのか、と自分でも思う。

もしかしたら、怖いのかもしれない。彼の困惑、こちらを見る疑惑の目、そんなものに優吾はもう、耐えられる自信がなかった。

あの夜、互いにわけがわからないまま交わったあの後。我に返ったあの人の、激しい狼《ろう》狽《ばい》と困惑、それにわずかに見せた優吾への疑惑の視線が忘れられない。

あの人を愛している。迷惑をかけたくないし、彼の財産なんて決して望まない。その気持ちをほんの少しでも疑われるのは、耐えられないのだった。

「決めるのはあんただよ。でも、どっちを取っても力になる。よく悩んで結論を出しな」

祖母が言い、その日はもちろん結論は出なかった。どちらにしても実家にいたほうがいいだろうと、一人暮らしのマンションはすぐに引き払った。

その間も悩んで、ふと考えが一つの方向を向いたのは、家族四人で夕ご飯を食べながら、テレビを見ていた時だ。

ちょうどニュース番組ではいわゆる「ワンオペ育児」について、特集をしていた。

「うちだったら四人分、手があるよね」

姉がぽつりとつぶやき、母が「経験者も二人いるしね」と何気なく応じた。

「そうだねえ。共働きどころか、うちは三人も働いてるし、食い扶持《くぶち》が一人増えたって問題ないだろうね」

貯金もあるし、と祖母が言う。優吾ははっとした。

これまで、一人でどうしようとばかり考えていたけれど、家族は当然のように全員で協力するつもりだったのだ。力になる、と言っていたのは慰めでもなんでもなかった。

「……産んでもいいのかな」

小さく言うと、母がうなずいて言った。

「産んだらどうにかなる、ってのは、あながち嘘《うそ》じゃないわよ」

その日から、もし出産するとしたら、ということを考えるようになった。自分に子供を育てられるのだろうか。仕事も探さなければならない。オメガとして、月に一度、発情する身体を抱えて、果たして働けるのか。あの人との間に起こったようなことが、また起こらないという保証はない。

それでも、中絶するという選択肢は頭からほとんど消えていた。子供ができた、という事実は憂鬱なだけだったのに、産まれた後のことをあれこれ考えている自分がいる。

まるまる一週間悩んで、優吾は結論を出した。

「やっぱり俺、産みたい。これからいっぱい迷惑をかけると思うけど、どうか力を貸してください」

家族が集まった場所で、優吾はみんなに頭を下げた。その後頭部をぺちっと叩いたのは姉だった。

「迷惑なんかじゃないでしょ。家族で助け合うのは当たり前だよ」

産むと決まってからは、忙しかった。医師にその旨を伝えると、すぐに入院の日取りが決められた。

妊娠二か月目、優吾は医療センターの特別病棟に入院した。病室は個室で、退院まで他の患者とはほとんど接触がなかった。各患者の情報にはもともと守秘義務があるが、担当の医師と一部の看護師以外、病院関係者ですら優吾のことを知らなかったらしい。

これは優吾の状況を考えての病院側の配慮だった。男性が妊娠する、という特異な出来事は、世に知られれば面白半分にニュースにされる可能性は大いにある。

携帯電話の番号もSNSのアカウントも変えて、家族とだけ連絡が取れるようにした。友人や、優吾が勤めていた会社から、何度か実家に連絡があったようだが、体調を崩して入院しているが命に別状はない、ということだけ伝えてもらっていた。

生まれた子が差別を受けないように、家族や病院側とも相談し、優吾から生まれたという事実は公にしないことに決まったからだ。

隔離された場所で、優吾はそれから出産までの長い時間を静かに過ごした。日に日に大きくなっていく身体が恐ろしく、本当に生まれるのか、赤ん坊が健康でなかったらどうしようと、不安定になることもあったが、家族や医師、看護師の励ましで乗り切ることができた。

妊娠後期になると、自分の恵まれた環境に感謝する余裕も生まれた。実際、優吾は恵まれていると思う。

世界的に見ても、オメガの出産の症例はとても少ないのだそうだ。妊娠がわかって、中絶を望む人が圧倒的に多いかららしい。

それは無理からぬ決断だ。月に一度発情する身体を抱え、男が一人で赤ん坊を育てることは、ただ想像するだけで尻込みしてしまう。

日本国内ではほんの数例だけで、それだけに優吾は稀な臨床例として、病院内でも手厚く扱われた。

通常、妊娠四十週、十か月ほどで子供が生まれるが、オメガの場合は女性より長くかかるという。

優吾は四十三週目、十一か月で出産した。生まれたのは男の子だ。

その時はただ、やっと出てきた、と思った。看護師に見せられた赤ん坊を見ても、しわくちゃだなあとか、思っていた以上にサルっぽいな、という感想が浮かんだだけだ。

なんだか夢でも見ているみたいで、愛《いと》しいという感情を実感したのは、ずっと後になってからだった。

子供は幸多と名付けた。生まれるまでに、家族とあれこれ考えて決めた名前だ。たくさんの幸せに恵まれますように、という願いを込めた。

退院してからは、ひたすら育児に追われた。乳飲み子を抱えた生活は思っていた以上に大変で、家族に助けられながら、ようよう生活ができるという状況だ。

幸多を出産した医療センターには、一か月おきに検診に通っていたが、幸いなことに幸多は女性から生まれた子供となんら変わりがなかった。

優吾も順調に身体が回復していた。就職のことを考え、子供の預け先も探さなければと思いつつ、一年目はあっという間に過ぎてしまった。

祖母から、『珈琲みずの』を継がないか、と提案されたのは、幸多の一歳の誕生日を過ぎた頃だ。

「身体の自由が利く限りは店を続けたいけど、昔みたいにはいかないしね。ずっと店をやってたから、元気なうちに旅行にも行きたいし。あんた、雇われ店長になって、店を手伝ってくれないかい」

ちょうど、二十年近く店を手伝ってくれていた、祖母の友人が年齢を理由に引退し、新しくアルバイトを雇うかという話が出ていた。

しかし、店を継ぐとなると話が違う。『珈琲みずの』は、祖母の大切な場所だ。祖父が誂《あつら》えてくれた店の椅子やテーブルを、今も修繕しながら大事に使っているのを優吾も知っている。

最初は迷ったが、しかし祖母の大切な場所なら、自分が引き継いでこの先も続けていくことが、祖母への恩返しになるかもしれない。

よろしくお願いしますと祖母の申し出を引き受けて、それで優吾は『珈琲みずの』で働くことになった。

最初は手伝いから始まった。そのうち、母のパートが休みの日には一日、幸多を預けて一人で店に立つ日もできた。

幸多が三歳になると、幼稚園に入れて夕方は祖母か母が迎えに行き、優吾が一人で店に立つ日も増えてきて、ようやく「店長」の肩書をもらうに至ったのである。

祖母が旅行に出られるほど余裕が出てきたのは、つい最近のことだ。

家族にはずいぶん世話をかけたが、おかげで幸多は大きな怪我《けが》や病気をすることなく、明るく元気に育っている。

月に一度は発情期を迎える優吾も、発情を抑制する薬の投与と、事情を知って支えてくれる家族のおかげで、日常生活を問題なく送っている。

最初にオメガバース症候群だとわかった時は、どうして自分だけが、と我が身の不運を恨んだし、子供を産んでまともな生活なんかできるのかと、不安でたまらなかった。状況によっては、幸多は生まれなかったし、優吾は精神的にまいっていたかもしれない。支えてくれた家族には感謝している。近所の人も店のお客も優しくて、自分も息子も恵まれていると思う。

あの夜以来、逃げるように接触を断ったあの人のことを考えると、いまだに胸の奥がチリチリと痛む。

自分がもっと別の行動をしていれば、あんなことにはならなかったのに。そんな後悔もなくはない。けれどあの夜がなければ幸多は生まれなかったのだ。

日に日にあの人の面影を濃くしていく息子を見ながら、これでよかったのだと優吾は思っていた。

二

「あっ、あまいの！」

自宅のダイニングテーブルで、今まさにホットチョコレートを飲もうとしていた優吾は、息子の大声にぎくりと首をすくめた。

間続きのリビングの入口に、パジャマを着た幸多が仁王立ちしている。かくれんぼの鬼を見つけた時のように、嬉々《きき》とした表情だった。すっかり目が覚めている。

「見つかったか……」

寝かしつけたから大丈夫、と思っていたが甘かった。

「ユウちゃん、あまいの飲んでるでしょー！」

デデデッとおむつをつけてむっちりした下半身で、機敏に駆け寄ってくる。この年頃の子供なら当然かもしれないが、幸多は甘い物が大好きだった。

「幸多、ねんねしてないとダメだろ」

めっ、と睨《にら》んだが、幸多の目にはもう、ホットチョコレートのカップしか映っていない。

自分も飲みたいと、ダイニングテーブルの上を背伸びして覗き込んでくる。

「違うよ。これは大人のお薬だよ」

「コウもおすーりのむ！」

興奮したようにぴょんぴょん飛び跳ねるので、ため息をついて立ち上がった。

「飲んだら歯磨きして、おしっこして、すぐねんねできる？」

「できる！」

優吾はキッチンへ向かうと、子供用の小さなコップを取り出して、ほんのちょっぴり牛乳を注いだ。レンジで温めて、チョコレートシロップとくまさんのスプーンと一緒にダイニングテーブルへ運ぶ。

ホットミルクにこれもほんの少し、辛うじて色がつくくらいチョコレートシロップを入れる。

「ほら、いっぱい入れたよ。スプーンで混ぜて」

優吾が「いっぱい」を強調し、幸多のお気に入りのくまさんスプーンを添えると目を輝かせた。

幸多は甘い物も好きだが、コップをかき混ぜる作業も大好きなのだ。

「片方のおててでコップを持って。そうそう。上手だね」

これでもか、というほど過剰にぐりぐりコップをかき混ぜる幸多を、ひとまず褒めてやる。褒めて育てるといい、と聞いたのもあるが、褒められて嬉しそうにする幸多が可愛いのだ。

「もう、飲んでもいいんじゃないか？」

放っておくといつまでもかき混ぜ続けるので、頃合いを見て止める。

「まざった？　あまいの、まざった？」

「うん、混ざった混ざった」

適当に返事をすると、幸多は恭しい手つきでくまさんスプーンを持ち直し、コップの中のホットチョコレートを掬った。一匙《ひとさじ》飲んで、ぱあっと顔を輝かせる。

「うーん、あまいっ！」

若干の親父《おやじ》臭い口調は、何かの物真似《ものまね》なのだろうか。よかったね、と笑いかけ、優吾も自分のカップに口をつけた。

幸多のとは違い、優吾のカップにはたっぷりとチョコレートシロップが入っている。甘さが足りないからと、「追い砂糖」までしていた。

「うん、甘い」

ジンと舌が震えるような甘さに、満足して思わずつぶやく。

「あまいねっ」

幸多と顔を見合わせ、二人でにんまりした。

ホットチョコレートを飲み終えると、幸多は気が済んだのか、それからは優吾の言うことをよく聞いて、歯磨きとトイレをした。

まだ夜はおむつをさせているが、幸多はこの年でもうほとんど、おねしょをすることがない。歩くのも喋るのも早かった。

そのわりに言葉が発達していないが、これは周りにいっぱい大人がいて、幸多が言葉にする前にあれこれ世話を焼くせいだろうと推測している。

どちらにせよ、よその子より手がかからない印象だ。生まれて一年はもちろん嵐のようだったが、物を覚えるのが早いし、親の欲目を差し引いても社会性に富んでいると感じている。

『幸多君は、ひょっとするとアルファかもしれませんね』

二か月ほど前、定期検診に行った医療センターで、担当の医師にそんなことを言われた。

数少ない症例を見ると、アルファとオメガの子供は、やはりアルファかオメガであることがほとんどなのだそうだ。女児やベータの男児が生まれることは極めて少ないという。

『統計で見ても、オメガの男性はどちらかといえば華奢で中性的な体型をしているのに対し、アルファはいわゆる「男らしい」外見の人が多いです。ＩＱも高いし、生まれつき体格に恵まれているんですね』

だから幸多もアルファかもしれない、という。アルファは優秀な人が多いと聞いて、優吾は喜ぶよりも憂鬱になった。

できれば幸多は、オメガバース症候群とは無縁の、ベータであってほしかった。

毎月の発情期に生活を左右され、性交渉でも女性的な役割と被害をこうむるオメガよりはまだ、ましなのかもしれない。

でもあの人と同じように、わけがわからないまま好きでもない相手と性交渉をしてしまう可能性があるということなのだ。

いっそ性被害、と言ってもいいかもしれない。優吾とて加害者ではないのだが、あの人の中ではきっと、逆レイプを受けたのも同然だろう。

数年前のあの時のことを考えると、また気持ちが沈んでしまう。あれは仕方がないことで、今はもう忘れるしかないのだとわかっていても。

「ただいま。うわ、また甘そうなの飲んで」

過去の記憶に打ち沈んでいた優吾は、その声にハッとした。姉の春歌《はるか》が仕事から帰宅したところだった。

「おかえり、ご飯は」

「軽く食べてきた。幸も起きてたの？　うーん、やっぱ何か食べようかな」

春歌は背負っていたデイパックをリビングのソファに置きつつ、思いつくまま言葉を口にする。内向的でのんびりしている優吾と反対に、春歌は昔から騒々しく、そして常に意識は外側へ向いているようだ。

以前は映像制作会社に就職していたが、今は友人が立ち上げた、ウェブのニュースや読み物サイトを制作する会社にいる。

就業形態はその時扱っている企画によってまちまちで、家で仕事をしている時もあれば、聞いたことのない遠方の過疎村に出張に行ったりしていた。

今はどんな企画を進めているのかわからないが、毎日会社に通っているようだ。定時で帰れることが多いが、たまにこうして遅くなる。

「何か作っておくから、先に風呂《ふろ》入ってきたら」

やっぱお腹が空《す》いたかも、という姉に笑って、優吾は促した。

「サンキュ、助かる！」

最初からそれを期待していたらしい。春歌はデイパックを片手に二階へ上がっていった。

祖母と母はすでに二階の自室に引っ込んでいて、彼女たちに「ただいまー」とかける姉の声がかすかに聞こえた。

自宅は『珈琲みずの』の裏手にあり、店のキッチンと自宅の勝手口とが繋《つな》がっている。祖母が喫茶店を始めた当初、祖父が店舗併用の住宅を作ったのだ。

住居部分の二階三部屋は、女性三人がそれぞれ使っている。優吾と幸多の部屋は一階、仏間の隣にある、庭に面した一番日当たりのいい部屋だ。幸多がもう少し大きくなったら、優吾は仏間に引っ越して、幸多の一人部屋にする予定だった。

春歌が風呂に入っている間、優吾はホットチョコレートのカップを片付け、一口サイズのおにぎりを作った。夕飯の残りの総菜と一緒に一つの皿に盛る。少し迷って、キッチンの戸棚からマシュマロの袋を取り出した。

二つの湯飲みに熱いほうじ茶を淹《い》れている。ほうじ茶を飲みつつ、チョコレートシロップをかけたマシュマロに齧《かじ》りついていると、姉が濡《ぬ》れた髪を拭《ふ》きながら戻ってきた。

「夜食、ありがとう……って、また甘そうなもの食べて」

「すごく甘いよ。春ちゃんもいる？」

甘い物が苦手な姉が顔をしかめるのを見て、ふざけて勧める。春歌は「まさか」と顔を背けてから、優吾の前に座った。いただきます、と手を合わせて夜食を食べ始めた。

「甘い物食べてるってことは、そろそろ？」

「うん。昼からちょっとだるくて。薬飲んでる」

発情期になると、優吾はなぜか甘い物が無性に食べたくなるのだ。そして糖分を摂取すると、不思議と性的な疼きが軽減する。

以前は春歌と同じく、甘い物があまり得意ではなかった。洋菓子も和菓子も嫌いではないが、進んで食べようとは思わない。変わったのは、幸多を出産してからだった。

あまりに甘い物がほしくなるので心配になり、医師に相談したが、オメガの場合、そういうこともあると言われた。

『水野さんと同じように、出産後に体質が変わったケースがいくつか報告されています』

甘い物がほしくなるとは限らないが、どのケースも一様に、以前はさほど好きではなかった食べ物を、発情期の時にだけ無性に欲するようになるという。

そうしてその食べ物を摂取すると、発情の身体の疼きが軽減する、というのも優吾の症状と同じだった。

甘い物が食べたくなるのは、発情期の前と、発情期に入った最初の二、三日だけ。それ以外の日常、糖質を摂取しすぎないよう気をつけていれば、健康に影響はないでしょうと言われた。

発情期の症状が和らぐのはありがたいし、それからは気にせず、甘い物を食べることにしている。発情期に合わせて店のスイーツの仕入れを多くしているのも、このためだった。

「優吾は食べても太らないから羨《うらや》ましいよ。あ、こないだの記事、好評だったよ。またあいうの書いてよ。あと美術史のやつ、あれ連載にしよ」

おにぎりを食べながら、春歌の話題はすぐに変わる。

「ありがと。少しでも原稿料が入るのは、俺も嬉しいな」

「まあ、ほんとにちょっとだけどね」

優吾は今、春歌の勧めで不定期に、ウェブサイト向けの記事を書いている。優吾が得意とする現代美術や、西洋美術史についてだ。原稿料は本当に少ないのだが、それでも身内の紹介だから、普通よりはもらっていると思う。

大学で専門に研究したわけではないから、あまり大きな顔はできないのだが、前の仕事も美術関係だったたし、それに何より自分が好きなことを記事にしてお金がもらえる、というのが嬉しかった。

それに、これから幸多が大きくなるにつれて教育費も必要になる。今は少しでもお金を貯めておきたい。原稿料が安くても、これで何か先々の仕事のとっかかりになるのなら、と考えて積極的に引き受けていた。

「セレブの美術サロンの話なんか、あれで一冊書けるんじゃないかなあ。出版社紹介しようか」

「それはいいよ」

以前、自分が働いていた画廊の話を載せたら、閲覧数が高くて好評だった。情報としては当たり障りのないものばかりだったが、さらに話題を広げるとなると、内部の話を書かなければならなくなる。

あの件の後、体調不良を理由に休んだ上、いきなり退職して迷惑をかけた。この上、お金のために古巣を利用したくない。

「あんたがそう言うなら、無理にとは言わないけど」

優吾が固辞すると、春歌はサバサバした口調で言った。それから、「あ、そういえば」と言葉を繋げる。

「あの人、日本に戻ってきてるんだってね。あんたがいたサロンの社長」

自分の顔が強張《こわば》るのを、優吾は感じていた。春歌はそんな弟の表情を見ながら、素知らぬ振りでほうじ茶をすする。

「なんて言ったっけ。ジェ、ジェ……ジェイなんとかデヴィッド？」

「ジェレミア・城一郎《じょういちろう》・デイヴィス」

わざと言ってるな、と姉を軽く睨みながら答えた。

「そうそう、それ。Ｊって呼ばれてたっけ。アメリカ人、って感じ？」

「白々しいな。言いたいことあるなら、言えよ」

あんなことが起こる前、自分の雇用主に心酔しきっていた優吾は、実家に帰るたびに家族に「Ｊがね」「こんなことを彼が言ってて」と、繰り返し彼の話をした。またボスの話か、と春歌から笑われたこともある。

「あの人なんでしょ」

ふと真顔になって、春歌は言った。幸多の父親のことだ。

幸多の父は、地位も財力もあって、でも立場の難しい人。家族にはそう伝えてあった。優吾の近くでまず当てはまるのは、Ｊしかいない。それは姉だけでなく、母も祖母も、薄々気づいているだろう。

優吾は姉の問いには直接答えず、軽く肩をすくめた。それが無言の肯定だった。

「もう、あの人と俺は何も関係ないよ」

素っ気なく言うと、春歌はそれ以上は何も言わなかった。すぐに話題を変える。

他愛もないおしゃべりに興じながら、しかし優吾の頭の中はあの人……Ｊのことでいっぱいになっていた。

彼が、日本に戻ってきている。優吾の退職と入れ違いのように、アメリカに行ってしまったあの人が。

だから何だと言うのだ。すぐさま自分の未練を打ち消す。彼とはもう関係がない。Jだって、もう優吾になんか会いたくないはずだ。優吾から連絡を取ることは絶対にないし、彼だってわざわざ実家を訪ねてきたりはしないだろう。

わかりきっていることなのに、動揺する自分が疎ましかった。


久しぶりに人の口からJの名前を聞いたせいか、優吾はそれからもしばらく、胸の奥がざわついていた。あるいはそれは、何かの予感だったのかもしれない。

その月も、抑制剤と甘い物で発情期をやり過ごし、明けた数日後。

すっかり元通りになった身体で、優吾は今日も店に立っていた。その頃には祖母も旅行から帰ってきて、優吾と交代で店に立ったり、幸多の幼稚園のお迎えに行ったりと、いつもの働きぶりで優吾を助けてくれていた。

その日は朝から雨だった。午後には大雨になり、夕方にはすっかり客足が遠のいていた。

（やっぱり余っちゃうかな）

冷蔵庫の中のスイーツを確認し、優吾は心の中で独りごちた。

いつもならこの時間にはとっくに売り切れているケーキとプリンが、まだ残っている。これは売れ残るな、と思いつつ、ちょっと喜んでしまう。売れ残ったケーキは、優吾が買い取ることにしているからだ。

出産で体質が変わったせいか、苦手な甘い物がすっかり好物になった。しかし、発情期の期間に甘い物をたくさん食べるので、普段は健康のために控えるようにしている。食べたくても我慢しているのだが、売れ残りを買い取るという大義名分によって、美味《おい》しいスイーツを食べることができるのだった。

（しかも、俺の好きな苺《いちご》ケーキが残ってる）

ショートケーキではない。苺のムースとホワイトチョコレートを含んだクリームが交互に重なり、濃厚な甘みと爽《さわ》やかな苺の酸味が絡み合った贅沢《ぜいたく》なケーキなのだ。

谷口が考えたオリジナルのケーキで、店でも評判だった。いつも真っ先に売り切れてしまうのが、今日は残っている。

それだけ客入りが悪いということなのだが、ケーキの味を想像して思わずにんまりしてしまった。

「ユウちゃん、なんかたくあんでる」

カウンター席に座る幸多に指摘された。

「それを言うなら、企《たくら》んでる、だろ。俺は何も企んでないもんね。それより幸多、そろそろ奥に行きな。大ばあちゃんと遊んでおいで」

幼稚園から帰ってきた幸多は、例のごとく店にいたがった。客も少ないし、しばらくはいいかとカウンターの端に座らせていたのだが、そろそろ奥の自宅に帰さないと、店にいるのが癖になってしまう。

「ちょっとまって。このご本よんでるから」

家に戻れと言った途端、幸多はそれまで閉じていた絵本を開き直した。まるで難しい仕事に取りかかるように、真剣な顔で絵本の文字を読み上げる。

「もうその本は何度も読んだだろ」

優吾が呆《あき》れていると、カウンターの反対側の端にいた客が、くすっと笑い声を立てた。

「すみません、後藤《ごとう》さん。うるさくしちゃって」

後藤は「いえいえ、大丈夫ですよ」と穏やかに微笑んだ。

「私のことなら気にしないでください。幸多君はおとなしくていい子ですね」

後藤は常連客の一人だ。五十の後半か、六十そこそこに見える初老の紳士で、半年ほど前から、週に一度ほどの頻度で来てくれるようになった。

後藤と名乗ったが、顔立ちはアジアと欧米が混ざっているようで、ほんのかすかに外国語の訛《なま》りがある。今、コーヒーを飲みながら読んでいるのも、英語のペーパーバックだった。

いつも仕立ての良いスーツを着こなして颯爽と現れ、カウンター席で本日のコーヒーを飲みつつ、優吾や他の常連客と言葉をかわしたりもして、そうしてまた颯爽と帰っていくのだった。

訪れる曜日も時間もまちまちで、どこかに勤めている様子もなく、何をしている人なのか見当がつかない。

謎《なぞ》の紳士、というのが探求心をそそるが、お客のことを根掘り葉掘り聞くことはできないので、もっぱら想像にとどめていた。

「ありがとうございます。でもずっと店にいると、癖になっちゃうんですよね。お留守番も覚えてもらわないと。幸多、聞いてる？」

幸多は難しい顔をしたまま、ちらっと横目で優吾を見て、また本に没頭しているふりをした。

「うん、聞いてる」

「ほんとかなあ」

「コウね、お手伝いする。お店のおかたづけするの」

「閉店の準備ってこと？」

そう、と張り切った表情でこくりとうなずく。後藤が「おや」と時計を見た。

「私としたことが、失念していました。この店は七時で閉店でしたね」

今は六時四十五分。客は後藤しかいない。しかしまだ閉店前だし、客がいる限りは店を開けておくのが先代からの習わしだ。

「まだ閉店ではありませんし、時間は気にしないでください。ごゆっくりどうぞ」

店長の顔になって微笑むと、後藤もありがとうございます、と会釈をした。

「実は、今日はここで人と待ち合わせをしているのです。そろそろ着いてもいい頃なのですが。どうも道が混んでいるようですね」

後藤は手にしたスマートフォンをタップしながら、気づかわしげなため息をつく。

「そういうことでしたら、なおさらゆっくりしてらしてください。うちは個人商店ですし、後ろの自宅に帰るだけですから」

後藤が誰かを連れてくるとは珍しい。連れの客も雨の中を来てくれるのだから、杓子定規《しゃくしじょうぎ》に閉店時間だと追い返すのは気の毒だ。

「ありがとうございます。ではお言葉に甘えて。甘えついでに、コーヒーのお替わりをいただけますか」

「ええ、もちろんです」

優吾は後藤の好むキリマンジェロの豆を挽いて、布ドリップで丁寧にコーヒーを淹れた。

「ここのコーヒーは本当に美味しいですね。先代のマスターが、豆と淹れ方にこだわったそうですが。代替わりしてさらに美味しくなったと常連さんたちがおっしゃってましたよ。店長の淹れ方がお上手なんでしょう」

キリマンジェロを一口飲んで、後藤はそんなふうに言った。手放しの賛辞に、優吾は照れてしまう。

「いえ、俺なんかはまだまだ」

「私の雇い主も言っていました。優吾のコーヒーはどこで飲むより美味《うま》いのだと」

その言葉を理解するまでに、数秒かかってしまった。いや、理解してもまだ、信じられなかった。

「雇い主……」

後藤の雇用主がなぜ優吾を、優吾の淹れたコーヒーの味を知っているのか。

彼の手元にある英語のペーパーバックを見る。答えは一つしか考えられないが、それを口にする勇気はなかった。

その時、後藤のスマートフォンが小さく震えた。

「ああ、着いたようです」

後藤が言うのと、店の前に一台の車が滑り込んでくるのとはほとんど同時だった。

濡れた道路を走るタイヤの音がして、黒いセダンが横付けされたのが、店の窓から見えた。後部座席から誰かが降りてきたが、その大柄なシルエットを見る前から、優吾には誰なのかわかっていた。

車から長身の男が降り立ち、降りしきる雨から逃げるように、足早に店に向かってくる。男を降ろすと、車は再び滑り出してどこかに行ってしまった。

窓の外に見えた男がやがて、ドアをくぐって店の中に入ってくるのを、優吾は言葉もなく呆然と眺める。

「だまし討ちのようなことをして、申し訳ありません。正直に話したら、あなたは彼に会ってくれないだろうと思いまして」

後藤が申し訳なさそうに言う。しかしその声は、ほとんど優吾の耳に入っていなかった。驚いていたし、信じられなかった。二度と会うことはないと思っていたし、彼は優吾になど会いたくないだろうと思っていた。

でも今、目の前に彼がいる。後藤の雇い主とは彼のことで、そしてきっと後藤は、彼の

命を受けてこの半年、この店に通っていたのだ。おそらく、今の優吾の状況を窺《うかが》い知るために。

彼がとても慎重で、そしてひとたび決断すると恐ろしく大胆であることを、優吾は知っている。

短い期間だったが、彼のそばにいて彼のために仕事をしていたからだ。

「J……」

かつて崇拝し、そして恋した男が今、目の前に立っていた。

三

彼、Ｊことジェレミア・城一郎・デイヴィスとの出会いは、一枚の日本画だった。

大学で懇意になった西洋美術史の教授の研究室を訪れた優吾は、そこで心を奪われる絵画に出会ったのである。

日当たりの悪い、小さな研究室の壁に掛けられたその絵は、月夜と一本の桜が描かれていた。

満月の月の下に散る、満開の桜。テーマや構図は凡庸なのに、目にした瞬間にどうしてか心を奪われた。

淡く簡素に見えて、目を凝らすと恐ろしく緻密《ちみつ》な線が見える。それは古くもあり、新しくも見えた。

『有笠城一郎』

タイトルはなく、絵の下には普通の紙に、インクジェットプリンターで印字された画家の名前があるだけだった。

「あり、がさ？」

有名な画家なのか、それすらもよくわからない。優吾がそれまで興味を持っていたのは西洋美術で、日本美術や東洋美術の分野には疎かった。

「あがさ・じょういちろう、と読むんですよ。いい絵でしょう」

絵画に目を奪われていると、教授が教えてくれた。

「はい、とても。大胆なのに緻密で。和の美しさというか……これぞ日本画という雰囲気があって、古いような、でも新しいような」

不思議な印象だった。教授は優吾の感想に、いたずらが上手くいった時のような、屈託のない嬉しそうな表情を浮かべた。

「この作者はね、日系アメリカ人です。アメリカ生まれのアメリカ育ちなんです」

それを聞いて驚いた。この絵を描いたのが、日本人だと思い込んでいたからだ。

絵に限らず、創作物というのは、不思議と作者のバックグラウンドが手に現れる。生まれた年代、生まれ育った場所の文化、そんなものの特色が出る。たとえ作者がそこから逃れようとしても、他の国の文化に憧《あこが》れて真似たとしても、自己のアイデンティティとして滲《にじ》み出てしまう。

これは、亡くなった優吾の父が言っていた言葉で、優吾自身も、多くの美術品を見てそう感じていたことだった。

優吾の父は普通のサラリーマンだったが、美術鑑賞が趣味だった。家にはたくさんの画集があって、子供の頃はよく、父がそれらを広げてレクチャーをしてくれたものだ。

——これは、ローマ神話の一場面なんだよ。実物はものすごく大きいんだ。描いたのはイタリアの画家で……。

母も姉も興味がなくて、父の講釈を聞くのはもっぱら優吾だった。最初はつまらないと思った絵でも、描かれた人物の意味、絵が描かれた背景や作者の歩んできた人生などを聞くと、また味わいが違った。

そのうち自分でも調べたり、父と美術館に出かけるようになった。二人の美術館巡りは、父が亡くなるまで続いた。素人ながら父の知識は豊富だったし、感じるところも優吾とよく似ていた。

大学になって専門外の美術史の講義を好んで取るようになったのも、高校卒業前に父を亡くしたせいかもしれない。

この頃には絵画だけではなく、焼き物や彫刻なども鑑賞するようになっていて、つくづく作者の「手の癖」というものを実感していた。

「すごく、日本人らしい絵だと思ったんですが」

日本人らしい、ということがどういうことなのか、優吾にもよくわからなかったけれど、有笠という作者からは異国めいた色を感じなかった。

「母が日本人だからでしょうかね。この絵を描いた時には、日本に来たこともなかったそうですが。ちょっと面白いでしょう」

有笠城一郎は、教授の友人の息子なのだそうだ。この絵を描いた時はまだ十代で、そんな若さでここまでの絵を描くことにも、興味を覚えた。

それから優吾は、何度もその絵を見に行った。有笠の描く月と桜に、すっかり魅せられてしまったのだ。

ネットで調べたが、有笠城一郎という人物でそれらしい情報はヒットしなかった。教授に聞いても、詳しくは知らないという。

何度も熱心に絵を見に行っていたある日、教授から知人のところでアルバイトをしないかと誘われた。

「有笠城一郎の絵が好きなら、きっと気に入ると思いますよ」

その言葉の意味はよくわからなかったが、アルバイト先は画廊だと言われて、一も二もなく飛びついた。時給などの条件が、他と比べてずいぶんと好待遇だったせいもある。

バイト先は都心の一等地、高級ブランド店や話題の商業施設が建ち並ぶ一角にあった。

真新しいビルの上部五層がバイト先の画廊で、土地とビルが画廊を経営する会社の持ち物なのだという。

形ばかりのアルバイト面接には、画廊の副社長だという年配の女性が応対したが、教授の紹介ということもあって、その日のうちに採用が決まった。

『桜画廊《さくら》』というシンプルな名のついたそこは、ただ絵を売るだけの画商ではなかった。

画廊の経営母体となる会社はアメリカにあり、その会社を経営するのはアメリカ人画家、ジェレミア・J・デイヴィスという男だった。

彼は自分の作品をはじめ、アメリカの現代アーティストの作品を日本に売り込む仕事をしており、時に美術館と提携してプロモートを行ったり、画廊では定期的に作品を売るために富裕層の会員を招いてパーティーを開いたりと、仕事の内容は多岐にわたっていた。

優吾の最初の仕事は、会員向けの会誌やパーティーの招待状を作ったり、不意に来る客にお茶を出したりする、つまりは事務と雑用だった。

ジェレミア・J・デイヴィスの絵は、ちょっと際どいエログロな内容を扱った、センセーショナルなものが多かった。一種のパフォーマンスなのだろう。

優吾はあまり好きではなかったが、それでも不思議と惹《ひ》かれる絵が多かった。アメリカ本国では、高値がつくアーティストとして有名らしい。

しかし、日本のこの画廊は大して商業的ではなく、むしろ社長の趣味やこだわりを優先させているところがあった。

画廊なのに会員制をとっているのが、いい例だ。社長や副社長が選んだ客だけが、この画廊に出入りすることを許される。

贅沢なその空間は優吾にとって新鮮だったし、それまで縁のなかった現代アートに触れる機会ができて、すぐにアルバイトに夢中になった。

しかし画廊に入った当初、社長のジェレミア・J・デイヴィスはアメリカにいて、画廊を実質的に経営しているのは副社長であり、優吾は社長となんら関わりを持たなかった。名前しか知らなかったその人と出会ったのは、大学三年生になってすぐのことだ。

彼は突然、優吾の前に現れた。

「君が水野優吾君か。初めまして。一度会ってみたいと思ってたんだ」

ある日、いつものようにアルバイトに行くと、副社長とともに一人の美丈夫が現れた。見上げるような長身は、百九十センチ近くあるだろうか。肩幅は広く、手足も長い。差し出された手は大きかった。そんな規格外の肢体に、身に着けたスーツはぴたりと合っていて、モデルのようだと思う。顔立ちも美しかった。

優吾は、男性をこれほど「美しい」と思ったことはない。中性的な美貌《びぼう》ではなく、男らしく野性味を含んだ、迫力のある美しさだ。

明るいブラウンの髪と琥珀色の瞳は欧米人のようだったが、顔立ちにはアジアのエキゾチックな部分が垣間《かいまみ》見えたし、魅力的な唇から発せられる言葉は、アナウンサーのように綺麗《きれい》な日本語だった。

男の美貌と迫力に呑《の》まれ、優吾は上手く挨拶《あいさつ》ができなかった。緊張でカチコチに強張った優吾を見て、彼はおかしそうに笑った。

「そんなに硬くならなくても、取って食いやしないよ。ジェレミア・城一郎・デイヴィスだ。Jと呼んでくれ」

日本人には馴染《なじ》まない習慣かもしれないけど、と少しおどけて言った。

優吾は驚いた。彼が、社長なのだ。若いと聞いていたが、ここまでとは思わなかった。

実際、出会った時のJは三十一歳だった。

しかしそれよりも引っかかったのは、彼の名前だった。それまで社長のミドルネームがJということしか知らなかったが、彼は確かに「ジョウイチロウ」と名乗った。

「有笠城一郎……さん？」

アメリカ人アーティストの、「ジョウイチロウ」。偶然とはとても思えなくて恐る恐る口にすると、Jは嬉しそうににっこりと微笑んだ。きりりとした顔つきが急に柔らかく、人懐っこくなる。

「そう、私が有笠城一郎だ。有笠は母方の姓でね。あの絵を気に入ってくれてありがとう。中条《なかじょう》先生から聞いて、君に会ってみたいと思っていた」

中条というのは、優吾にこのアルバイト先を紹介してくれた西洋美術史の教授だ。中条教授は有笠城一郎についてよく知らないと言っていたが、実は昔からの知り合いなのだと後になって知った。知らないととぼけたのには、やむを得ない事情があることも。

しかしJと出会った時の優吾は、もちろん込み入った事情など知らなかったから、ひたすら驚いていた。

アルバイト先の社長が、あの桜の絵を描いた画家だったなんて。

「驚いた？」

目を丸くして、目の前の男をまじまじと見上げていると、Jはくすっと笑って言った。

「す、すみません。まさかアーティストのデイヴィス氏が、あの有笠城一郎氏だとは思わなくて」

「気づかなくて当然だ。作風がまるで違うからね。私自身も、あの絵を描いた『有笠城一郎』と、アメリカ人アーティストのデイヴィスとは違う人間だと思っているよ」

そう言ったJの声音に、どこか自嘲《じちょう》めいた色を感じた気がしたが、その真意を初対面の

優吾が知る由もない。

Ｊは自己紹介の後、これから少なくとも数年は日本で暮らすことになる、と言った。

「ずっと日本で、母の国で暮らしたかったんだ。今まで事情があってアメリカを離れられなかったんだが、ようやく実現できて嬉しいよ」

これからはアルバイトのたびに、Ｊに会えるのだ。その事実に、優吾は不思議なくらい自分の心が浮き立っているのに気づいた。

この魅力的な男性が、あの大好きな日本画を描いた『有笠城一郎』だからだろうか。初対面の同性に惹かれる理由が、それ以外に思いつかない。

ともかく、このようにして優吾はＪと出会った。

しかしその後しばらく、最初に期待していたほどには、Ｊとは頻繁には会えなかった。

アメリカでアーティストとして成功を収め、さらに父親の仕事の一部を引き継いだ実業家だという彼は、日本に居を移しても多忙だった。

画廊にいることは稀だし、たとえいたとしても、優吾の仕事場である事務室と、彼の執務室はフロアが違っていたから、顔を合わせることすらなかった。

だからごくたまに、彼が事務室に顔を出してくれた時はすごく嬉しかった。

そして事務室にＪが現れる時は、たいてい何か差し入れがある時だ。有名な老舗《しにせ》和菓子店の最中とか、最近日本に上陸したベルギーのチョコレート店のボンボンとか、ちょっとしたお菓子を携えてやってきた。

画廊のスタッフは美味しいもの好きの人たちが多くて、社長が持ってくる気の利いた差し入れはいつも喜ばれた。

J自身、甘い物が好きなのだそうだ。アメリカにいた頃から日本の菓子店をチェックしていて、暇を見つけては訪れているのだという。

優吾はその頃、甘い物があまり得意ではなかったが、Jがくれるものを拒む理由にはならなかった。

甘い物は得意ではないけれど、お菓子が嫌いなわけではない。それに、Jが買ってくるお菓子はどれも美味しくて、優吾でも甘さを楽しむことができた。

優吾がいつも、美味しい美味しい、と言って差し入れを食べるから、Jは優吾が甘い物好きだと勘違いしたらしい。

ある時Jから、二人でケーキを食べに行かないかと誘われた。

「喫茶店なんだが、自家製ケーキが美味しいって評判なんだ。ずっと気になっていてね。君も甘党みたいだから、よければ一緒にどうかな」

甘党だと勘違いされているのはともかく、その誘いは飛び上がりそうなほど嬉しい。しかし、優吾がまず思ったのは、同伴者が自分なんかでいいのか、ということだった。

スタッフの中には、他にも美味しいもの好き、甘い物好きの人がいくらでもいる。スイーツの食べ歩きブログを書いている人もいるくらいだ。そういう人と行くほうが盛り上がるのではないだろうか。

優吾がそんな疑問を口にすると、Ｊは「女性じゃないほうがいいんだ」と、困ったように微笑んだ。

「若い女性と並んで歩いているだけで、噂される身でね。相手に迷惑だし、かといって、そんな理由で年配の女性を誘うのも失礼だろう」

そういえば、彼は著名なアーティストで金持ちの実業家なのだった。少しも偉ぶったところがなく、スタッフにはフレンドリーだったから、ともすれば忘れてしまう。

Ｊはその容姿もあって、アメリカでは大変な人気を得ている。母国に比べると日本ではまだ知名度は低いが、美術系の雑誌などに取り上げられて、知る人ぞ知る存在だ。彼の美貌は一度見たら忘れないだろう。そしてパパラッチはどこにでも現れる。

「それに、桜の絵を気に入ってくれた君とは、気が合いそうだ」

甘い微笑みに魅了され、優吾は一も二もなく誘いに乗った。乗ってすぐに今度は、Ｊと二人きりで何を話せばいいのか、つまらなくさせたらどうしよう、などとウダウダ考えてしまったが。

しかし実際に二人で出かけてみると、そんなふうに気を揉《も》んでいたのが馬鹿馬鹿しくなるくらい楽しかった。

プライベートでもJは気さくで、そして話術に長《た》けている。話題が豊富で話し上手だし、引っ込み思案な優吾が珍しく喋りすぎたと思うくらい、相手から会話を引き出すのが上手かった。

Jが選んだ喫茶店は、なぜこんな古くて渋い場所を見つけ出したのか、というくらい地味で鄙《ひな》びた店だった。お勧めだというケーキは甘い生クリームたっぷりだったが、コーヒーがとても美味しい。

Jは大きな身体を狭い座席に押し込め、嬉しそうにショートケーキを食べている。その姿がなんだか可愛かった。十歳も年上の男性に、可愛いとは失礼かもしれないが。

画廊にはスーツで現れるJも、その日は濃紺のカッターシャツにデニムジーンズというしごくラフなスタイルで、私服もモデルのように決まっていた。

「君のお祖母《ばあ》さんは、喫茶店をやっているのか。それはぜひ行ってみたいな」

祖母の店のことを話すと、Jは興味を引かれた様子だった。他にも彼に促されるまま、アルバイトの仕事の様子や優吾の大学生活、中条教授の話など、様々な話をした。

硬い話も、ゴシップのようなくだらない話もした。優吾の話し方が訥々《とつとつ》としていても、Jは決して馬鹿にしたり、早く話すよう促したりはしない。

豊富な知識をひけらかすことなく楽しく話して聞かせ、優吾の取るに足らない話も興味深そうに聞いてくれる。時間はあっという間に過ぎた。

「今日は楽しかったよ。ケーキも美味しかったね。またこんなふうに誘ってもいいかい？」

別れ際、Jからそんなふうに言われ、もちろん、と即答した。

優吾はその日一日で、Jとすっかり打ち解けた気分だった。そして引っ込み思案な自分をして、そう感じさせる彼は本当に素晴らしい人物だと思った。

こんなに何もかも完璧《かんぺき》で、魅力的な人がこの世にはいるのだ。優吾はすっかりJに傾倒した。

それからもケーキを食べに行こうと誘われ、二人で出かけたが、何度か続いた後、Jから謝られた。

「君は本当は、甘い物が苦手だったんだな。気づかなくてすまなかった。私に付き合わされて辛かっただろう」

誰かから聞いたらしい。本当に申し訳なさそうに言うから、優吾は慌てた。

「辛くなんかないです」

そう言ったのだが、Ｊは半信半疑だった。

「敬子《けいこ》……副社長に休日にアルバイトを連れ回すなって、注意されたんだ。君は優しいし、そもそも日本人は上司に誘われたら嫌とは言えないんだと。甘い物が苦手なのに、私のために付き合ってくれたんだろう？」

確かに、こってり生クリームの乗ったケーキや、たっぷりとアイシングのかかったドーナツ、咳《せ》き込むほど甘いぜんざいを食べるのは勇気がいった。

でも、口の中で蕩《とろ》けるふわふわのスポンジも、さっぱりと酸味のあるレモンアイシングの美味しさも新しい発見だった。柔らかくもっちりとした白玉は、優吾の新たな好物になった。

Ｊと話すのも楽しい。Ｊは今まで出会ったことのないタイプで、一緒に過ごす時間のすべてが新鮮だった。

「本当に嫌だったら、理由をつけて断りますよ。俺はそこまで流されやすくないです。甘党は誤解だって、黙ってたのは悪かったですけど」

本当に楽しかったのに、無理やり連れていかれたなんて思われたくない。これからも一緒に出かけたいのに。

誤解を解こうと必死で言い募る優吾を見て、Jもようやくホッとしたように表情を緩めた。

「そうか。よかった。君が先週、体調不良で休んだのも、私が無理に甘い物を食べさせたせいじゃないかって、敬子が言うんだ」

「まさか！　そんなことで体調を悪くしたりしませんよ。きっと、副社長にからかわれたんでしょう」

副社長の敬子は優吾の母親くらいの年で、茶目っ気のある人だ。Jにも息子に対するように、冗談を言ったりからかったりすることがある。

「ならいいんだが。君の体調は大丈夫なのか？」

「はい、もうすっかり」

先週休んだのは、スイーツとは関係ない。昔から毎月のように訪れる倦怠感や身体の疼きだ。いつもはバイトを休むほどではないのだが、先週はだるさがひどくてどうにも起き上がれず、大学とバイトを休んだ。

この春、ちょうどJと初めて出会ったあたりから、毎月の症状が重くなってきている。数日寝ていればあとは嘘のように元気になるし、どこかが痛むわけでもないから、病院には行っていない。

それに一番困っているのは、倦怠感より身体の疼きだった。特にこの頃は、後ろに何か入れたくてたまらない衝動に駆られる。先週も一人暮らしなのをいいことに、後ろを使って何度も自慰をしてしまった。こんなこと、医者にだって恥ずかしくて言えない。

もしかしたら身体が辛いのは、たまたま風邪《かぜ》をひいていたからで、身体の疼きはただの欲求不満かもしれない。

優吾はなるべく、自分のこの症状を深刻に考えないようにしていた。

「それなら、また誘っても大丈夫かな。甘い物ばかり付き合わせたお詫《わ》びに、今度は優吾の好きなものを食べに行こう」

Jが言ってくれたので、喜んで応じた。それから優吾が大学を卒業するまでに、何度か二人で食事に出かけた。

毎月の体調不良は重いままだったが、症状が定期的に顕著化することで、スケジュールも立てやすくなっていた。この時期はまた悪くなりそうだな、という時には、あらかじめアルバイトのシフトを入れないようにしておく。

バイト中に体調が悪化することもあったが、それで休むことは滅多になかった。

Jは相変わらず多忙で、たまに食事に出かける時以外には、顔を合わせることが少ない。だから、ずっと問題なく過ごしていられたのだ。今振り返れば、優吾は発情期の最中でもアルバイトをしていたことになるが、Jが多忙なおかげで、発情期の最中にアルファの彼と顔を合わせることがなかったのだ。

だから優吾は、体調に若干の不安を抱えながらも、表面上は穏やかにアルバイトを続けていた。


大学卒業と同時に、優吾は正社員として『桜画廊』に就職した。

在学中にJと副社長から打診を受け、すぐに決めた。いちおう、就職活動もしてみたのだが、すでに『桜画廊』に愛着が湧《わ》いていたし、Jたちの誘いを蹴《け》ってでも入りたいと思える会社はなかった。

家族も喜んでくれた。著名なアーティストが経営する画廊だから、というより、優吾が当時すでに、実家に帰るとJの話題を口にするようになっていたから、望む場所で仕事が続けられることを喜んだのだろう。

そのまま事務員になるのだと思っていたが、就職するとJの秘書に配置され、驚いた。

Jにはすでに、彼の仕事をフォローする優秀なスタッフが何人も本国にいる。多岐にわたる彼の事業や芸術活動を考えれば当然だ。

優吾の仕事は、『桜画廊』に関わる彼の仕事を補佐することだった。多忙なJは、画廊を不在にすることが多い。仕事でアメリカに戻ることも頻繁にある。

Jが不在の間でも、画廊宛てにもたらされるJへの様々な依頼やアポイントメントに対応するべく、秘書を置くことにしたのだそうだ。

「今までは私がやってたんだけどね。さすがにもう手が回らなくなってきちゃって。ちゃんと仕事は教えるから、心配しないで」

敬子が言い、Jも「君がいいんだ」と言ってくれた。

「人当たりがいいし、仕事も丁寧だ。私とも気が合う」

「それが一番肝心。Jは気難しいから」

からかうように敬子は言ったけれど、Jが気難しいなんて冗談だと思った。Jは大らかで気さくで、誰に対しても優しいのに。

不思議に思って首を傾《かし》げていると、敬子は笑って軽く片目をつぶってみせた。

「一見、人当たりがいいところがまた厄介なの。でも、優吾なら大丈夫よ」

そう言われてもまだ、自分に務まるか、という不安はあったが、今まで以上にJと一緒にいられるのだ、という期待も大きかった。

その当時の優吾はまだ、Ｊに対する恋心を自覚していなかった。いや、薄《う》っすらとは感じていたのだ。

憧れや崇拝が、いつしかそれ以上の濃密な想いに変わっていた。

でもＪは同性で、しかも本来なら近くに寄ることも叶《かな》わないくらい、遠い人だ。

恋をしているなんて、自分ではとうてい認められなかった。恋情を憧憬《しょうけい》だと言い聞かせ、Ｊや敬子の期待に応えることだけを目標に、仕事を頑張ることにした。

仕事が変わった分、細々と覚えることも増えたし、日常会話だけでは足りずにビジネス英語も勉強しなければならなかったが、やりがいはあった。

多忙なＪに代わって日本でのスケジュールを調整し、Ｊや、時にアメリカの彼のスタッフたちとインターネット通話で打ち合わせをした。

Ｊと直接会えることは学生時代と同じくらい少なかったが、メールや通話で毎日のようにやり取りをしていたから、いつもそばにいる気がしていた。

彼は日本に戻って時間が空くと、以前と同じく優吾と甘い物や美味しいものを食べに出かけた。

毎月の体調不良は徐々に性的欲求が顕著になったが、ここでもＪが多忙だったために、彼と顔を合わせる日と発情期が奇跡的に重ならなかった。

何も知らないまま、気づかないままに、二人は交流を続けた。

そして秘書になってようやく、Ｊの複雑なバックグラウンドを知ることになった。同時に、優吾が一目見て惹かれた、『有笠城一郎』の絵の裏に隠された孤独も知った。

Ｊの父はフランク・デイヴィスという、アメリカのホテル王である。デイヴィス・リンク・ホテルといえば、日本でも有名だ。各地に系列ホテルがいくつもある。

フランク・デイヴィスはホテルばかりか様々な事業に乗り出し、一代にして巨万の富を築いた。

その私有財産のほとんどが、フランクの死後、いくつかの事業の経営権とともに、息子のＪの手に渡ったのである。

お金持ちだとは知っていたが、Ｊはとんでもない大富豪で、御曹司だったのだ。デイヴィスという姓は取り立てて珍しくもないし、あのホテル王とＪが血縁だなんて、思いもしなかった。

「ずいぶん今さらだな」

優吾が秘書になってすぐに事実を知り、驚いたと言うと、Ｊは呆れたような、でもどこか嬉しそうに笑った。

二人でスイーツを食べに行った時だ。Ｊは今しがた、オレンジソースのガレットを食べた時と同じように、甘い微笑みを浮かべたのだ。

それを見た優吾も、フレッシュオレンジとマーマレードの爽やかな甘みを味わったような、幸せな気持ちになった。

「画廊の先輩たちから聞かなかったのかい？　特に私からは告げていないが、みんな知っている。今時、ネットで調べればすぐに情報が出てくるのに」

「すみません。画廊では、Jの家の話なんて滅多にしないし、本人に黙ってネットを調べるのも、なんだか悪いような気がして」

Jに興味があったし、もっと知りたいと思っていたが、プライベートなことはあまり聞いてはいけない気がしていた。

「君らしいな。だから君のそばは、居心地がいいんだろう」

彼はそう言ってまた甘やかに微笑み、オレンジソースをたっぷり含んだガレットを一口食べた。

「息子といっても、庶子だったんだがね」

ゆっくりと香り高いダージリンティーを飲んでから、やがてJは何気ない口調で言う。

「母はいわゆる愛人だったんだ。父とは親子ほど年が離れていた」

それから彼は穏やかな表情のまま、まるでありふれた世間話でもするように、自分の生い立ちを語ってくれた。

後になってJから、自分から生い立ちを話したのは初めてだと聞かされた。どうしてその時、優吾に話そうと思ったのか、彼の気持ちはわからない。

それでもたぶん、Jは自分を信頼してくれたのだと思う。

優吾は興味本位ではなく、まして彼が有名人でお金持ちだからという理由でもなく、ただ人間としての彼に惹かれ尊敬していた。そういう態度を、Jも理解してくれていたのではないだろうか。

「母は日本画家だったんだ。もっとも今でも本人は、そのつもりなんだろうがね」

Jの母は日本人だ。日本で生まれ育ち、大学で日本画を学んで、当時は画家として名乗りを上げたばかりだった。

友人を訪ねてアメリカに旅行に出かけ、たまたま潜り込んだパーティーでJの父と出会い、見初められたのだという。

それからどういう経緯があったのか、母は当時すでに五十を過ぎていた父の愛人となり、Jが生まれた。

Jは子供の頃、父親が誰なのか知らずに育ったそうだ。

「私が生まれた時にはすでに、父の母への愛情はなくなっていたんだろう」

他にも女性はたくさんいたから、と語るJの目にはなんの感情も乗っていなくて、それがむしろ、悲しく感じられた。

Jが生まれてからも、母親は絵を描いていたが、画家としての活動はしていないようだった。おそらく父親の愛人となりアメリカで暮らすことにした時点で、日本画家の夢は諦《あきら》めたのだろう。

それでも母はJに、絵を描くことを教えてくれた。父の存在はなく、ただ母と二人きりの家庭は裕福で、子供の頃はJの母の友人たちが周りにたくさんいた。

「日本人ばかりだった。それも画家とか、画家崩れの男友達が多かったな。たぶん、母が多少、金銭的な援助をしていたんだと思う。みんな日本語を話すから、おかげでネイティブと同じくらい話せるようになったよ」

母も寂しかったのだろう。時に男友達と、友人以上の関係を持つこともあったようだ。

しかしやがて、母の周りからは徐々に人が減っていった。

「もともと神経質で不安定な人だった。それがだんだん、顕著になっていった」

被害妄想が激しくなり、Jに当たり散らすようになった。精神科に通院し、時に入院することもあった。今もそれは続いている。

本当は日本に帰りたかったのだろう。だが実家とは、父の愛人となりJを身籠《みごも》った時点で勘当されている。Ｊの父親とも、アメリカで暮らすような取り決めがあったようだ。

十代の半ば頃になると、Ｊは自分の父親のことを知るようになったが、それでもなお、父のことは自分に関係のないことだと思っていた。

Ｊは画家を目指していた。それも、母が道半ばでやめてしまった、日本画の道を進もうと決めていた。

日本に行きたい。大学は日本に留学したい。そんな進路を考えていた矢先、不幸な出来事によってＪの環境が一変した。

その出来事は、優吾も当時ニュースで聞いて、ぼんやりとだが覚えている。

ホテル王の家族たちの連続死。最初に、フランク・デイヴィスの長男と次男が相次いで亡くなった。

長男は交通事故で、次男は薬物の過剰摂取によるショック死だった。彼らの母、フランク・デイヴィスの最初の妻はそれより以前に病死している。

続いて、二番目の妻の子と四番目の妻の子が立て続けに死因不明で亡くなったことから、連続殺人の疑いで州警察とＦＢＩが動き出し、たちまち全米のニュースになった。日本でもしばらく、ネット上でゴシップニュースを見かけた。

フランク・デイヴィスの子供は、みんないなくなってしまったのだ。唯一、婚外子であるJを除いて。

それまでほとんど知られていなかった庶子の存在が一躍知られることとなり、Jの周りにも連日、パパラッチが押しかけてきたそうだ。

さすがに見かねた父がJたちを安全な場所に避難させた。皮肉にも、この騒ぎに巻き込まれて初めて、Jは父と顔を合わせた。

デイヴィス一族の、血で血を洗う財産争いの結果だと言う者もいれば、JとJの母親がデイヴィス家の財産を狙《ねら》って画策したのだ、と書かれたゴシップ記事もあった。

実際にJと母は一時、容疑者のリストに載っていたらしい。FBIの聴取も受けた。

その後の捜査で、不審死と思われた二番目の妻と四番目の妻の子らは、病死とオーバードーズによるもので、四人の連続死は偶然だと結論づけられた。

捜査はそれで終了となったが、マスコミは疑惑の目を向け続けた。大金持ちで政治家とも繋がりが深いフランク・デイヴィスが、醜聞をもみ消したという噂まで出てきた。

この騒ぎは、母の精神をさらに追い詰めることになり、長期入院を余儀なくされた。

Jは父の計らいで、父の住むニューヨーク州に一人で引っ越し、そこで美術学校に進学した。日本に行きたかったが、この騒ぎではとても叶わない話だ。母のことも気がかりだった。

また、J以外の子供をすべて亡くした父が、Jを自分の後継者にしようとしていることにも気づいていた。

画家になりたいというJを、父は止めなかったが、ゆくゆくは事業の一部を任せたいと言われた。事業と両立して画家になるなら援助をするが、日本画ではなく別のものを作れと言われた。日本画はウケないから、と。

Jの意志など関係ない。フランク・デイヴィスの力は大きかった。

「日本画家になることを諦めた。君が好きだと言ってくれたあの桜の絵は、過去と決別するために描いたものだ」

描き上げた絵を、Jは母の古い友人に託した。それが中条、優吾にアルバイトを紹介してくれた西洋美術史の教授だ。

唯一信頼できる人、そして今は日本にいるという中条に絵を送った。Jの思いだけでも、日本の地に行かせたかったのだ。

Jは学校を卒業後、アーティストとして名を売る傍ら、デイヴィス家の事業に携わった。がむしゃらに働いて結果を出し、デイヴィスの威光を受けたアーティスト業も成功して、じわじわと力をつけ始めた。

その後、父が高齢を理由に経営の第一線を退き、Jがその後を継ぐと、父の影響力は次第に弱まり、代わりにJがデイヴィス一族の上に立つようになった。

そこに来てようやく、Jはかねてより構想していた、日本の画廊経営を実現することができるようになった。

画廊を開き、ゆくゆくは日本画をはじめとした日本美術に携わるのが、日本画家となることを断念したJの夢だった。

それから、母とともに日本へ行くこと。これは画廊の経営が軌道に乗って、ようやく叶えることができた。母は元通りにはならないが、日本の施設に入って、容態が少し良くなったのだそうだ。

Jが日本に来たのは、そうした経緯があったからだった。

彼の口調はいつも穏やかで淡々としていて、辛いことなど何もないように聞こえる。けれど、彼の半生に相当な試練があったことは容易に想像できた。

幼い頃から父の存在はなく、精神的に不安定な母親と二人きり。経済的には恵まれていても、きっと優吾のように両親に甘えたり頼ったりすることはできなかっただろう。

それでも夢を持って進んでいたのに、会ったこともない父の家庭に唐突に巻き込まれ、人生の転換を余儀なくされた。

悔しかっただろうし、恨んだはずだ。優吾だったら、父を憎んでしまう。

Ｊの心の中にも屈託はあるだろう。だがそれを内に飲み込んで、表面は優しく穏やかに、悠然と構えている。すごい人だと優吾は思った。

だから優吾は、そのまま言葉でＪに伝えた。誰もがＪのようには振る舞えない。尊敬に値する人だと。

「そんな大したものじゃない」

優吾の言葉に、Ｊはやや面映《おもは》ゆそうな顔をしていた。それから、「ありがとう」と微笑む。甘く優しいその微笑に、優吾の心臓がことりと音を立てた。

「前に話したけど。中条教授から君の話を聞いた時、いつかぜひ会ってみたいと思った。勝手な思い込みかもしれないが、君なら私の心の屈託や悲しみを受け止めてくれるような気がしたんだ」

自分が思いを託した、桜の絵を好きだと言ってくれた人なら、心を通わせることができるのではないかと考えた。

当時は、優吾のことなど何も知らない。孤独なＪの心が勝手に感じたことだが、優吾はそれを聞いて嬉しかった。

「俺ができることは少ないですけど。あなたの役に立ちたいです」

尊敬する人の傍らにいて、少しでも彼の役に立てるなら幸せだ。

「今でもじゅうぶん役に立っているよ。これからも、頼りにしている」

「はい」

その時から、Jとの距離が以前よりも縮まった気がした。実際に会える機会は少なかったが、ネット通話で毎日のように声を聞いていたし、そこで仕事の話ばかりでなく、プライベートな会話をするようにもなった。

いつかJが日本を離れる時が来る。Jの父は健康状態がかんばしくなかった。父が亡くなれば、Jの肩にはさらなる重責が加わることになる。極東の画廊に携わる時間はなくなり、アメリカに戻らなくてはならないだろう。

しかしJは、その時が来ても桜画廊を手放す気はないと言った。父が亡くなれば、一時的に忙しくなるかもしれないが、また落ち着いたら日本に帰りたい。

戻るではなく、帰る、と彼は言ったのだ。そしていつか、日本で暮らしたいと。

優吾は、その時までずっと桜画廊にいようと思った。もっと仕事を覚えて、Jが日本に戻ってきた時に、今と変わらぬ場所で彼を迎えたい。自分の中で目標ができて、さらにやりがいができた。仕事は順調だった。

その頃には優吾も薄々、Jに対する自分の気持ちに気づき始めていた。

自分はJが好きだ。尊敬の念だけではなく、恋愛感情として。毎月の体調不良の時、疼く身体を慰めながらJの顔を思い浮かべ、あとで落ち込むこともあった。

Jに対して申し訳なく、合わせる顔がないと思ったが、そういう時は幸運にも彼と顔を合わせることはなくて、ネット通話でぎこちなさを誤魔化しながら話すのが関の山だった。

Jに想いを告げるつもりはない。彼はゲイというわけではなかったし、決まった恋人はいないが、父親が勧める結婚相手がいるとのことだった。

Jには常人とは違う、立場というものがある。いつか女性と結婚し、家庭を持って、ゆくゆくはその子供が彼の後継者となるだろう。

そのことを悲しいとは思わなかった。彼のような人と出会えて、そばにいられるだけで幸せなことだ。これからもずっと、それが続けばいい。そう願っていた。

けれど、終わりはなんの前触れもなくやってきた。

二月のあの日、バレンタインデーの夜、たまたま予定が空いたJと久しぶりに食事に行く約束をした。

ちょうど体調が悪くなる時期と重なっていて、本当なら断るべきだったのに、Jに会いたい気持ちを抑えられず、無理をして会いに行ったのだ。

それで優吾の人生は一変した。Jが十代の頃に、唐突に災厄に巻き込まれて生き方を変えられたように、わけがわからないまま歩む方向を変えるしかなかった。

最初は辛く苦しかったけれど、今は幸せだ。自分には幸多がいる。支えてくれる家族もいる。

何も言わずに離れてしまったから、Ｊに申し訳ない気持ちはあった。メールと手紙ではなく、できれば会ってあの晩のことを謝罪したいと思ったが、オメガという自分の特性を知ってしまった今、再びアルファの彼に会うのは怖かった。

それに、どうしてあんなことになったのか、彼に説明するのもむずかしい。

いろいろ悩んだ末、Ｊとはもう関わりにならないほうがいいと結論づけた。彼には非常識で無責任だと軽蔑《けいべつ》されるかもしれないが、それでももう、会わないほうがいい。

そう思っていたのに。Ｊが突然、優吾の前に現れた。

外はまた、一段と雨脚が強くなっていた。

優吾は店に入ってきた男を、言葉もなく呆然と見つめる。相手もまた、柔らかな微笑みを湛《たた》えたまま、何も言わなかった。

「ユウちゃん、おともだち？」

カウンターで声が上がって、ハッとする。そういえば、幸多がまだいたのだった。奥へ行っておいで、と優吾が言うより早く、Jがにっこり微笑んで「そうだよ」と答えた。そのまままつかつかとカウンターへ歩み寄るのを見て、不意に不安を覚える。

幸多にはそこかしこに、Jの面影があった。優吾でも時々ハッとする時がある。Jが幸多を目にして、何がしか自分との繋がりを感じたりはしないだろうか。

幸多はかけがえのない存在だが、しかしJの与《あずか》り知らないところで彼の子供を産んだことに、一抹の後ろめたさも感じていた。

「君が幸多君か。私はJというんだ」

「じぇー？」

「そう。君に一度、会ってみたいと思っていた。優吾によく似ているね」

目を細めて幸多を見るJには、今のところ訝《いぶか》しげな表情はない。当然か、と胸を撫《な》で下ろすとともに、新たな不安が頭をもたげた。

Jはここに、何をしに来たのだろう。後藤がこの店に通うようになったのは、偶然ではあるまい。おそらくJが差し向けたのだ。そうして事前に店の様子や、幸多の存在も知っていた。

あの夜のことを問い詰めに来たのなら、事前調査などしなくても、ただ会いにくればいいのだ。いったい、何が目的なのか。

「幸多。奥に行きなさい。大ばあちゃんに、少し遅くなるって言っておいて」

「や。まだいる」

「幸多」

いつもは出さない厳しい声で言うと、幸多は一瞬、泣き出しそうな顔をした。だがすぐにキュッと怒ったように唇を結び、カウンターの椅子をにじり下りる。むすっとした顔のまま、住居に続くドアを押して奥へ消えていった。

「突然、押しかけてすまなかった。幸多君にも悪いことをしたな」

申し訳なさそうにJが言う。

「だが、まともに連絡をしても、取り合ってもらえないと思っていたんだ。不意打ちで申し訳ない」

「いえ……。俺も突然画廊を辞めて、申し訳ありませんでした」

「私こそ、君を追いかけるべきだったのに、音信不通になってすまなかった。ちょうどアメリカに戻らなくてはならなくて」

その理由は、優吾も知っていた。

「お父様のことは、ご愁傷さまでした。今さらですけど」

あのバレンタインデーの翌週、Jの父が亡くなった。その頃は体調がよくなっていたと言っていたから、急なことだった。

Jはアメリカに戻らざるを得ず、彼がデイヴィス家の様々な仕事に忙殺されている間、優吾は入院していた。

父の死がなくてもJは優吾に会いたくないだろうと思っていたが、今の口ぶりからすると、音信不通だったことを後悔しているようだった。

「ありがとう。ことが落ち着くのを待っていたら、何年も経ってしまった。君と話をしなくてはいけなかったのに。だがようやく、戻ってこられた。君と話がしたいんだ。時間を取ってもらえないだろうか。今日が都合が悪ければ、日を改めてもいい。君が安心して話せる場所で」

優吾が戸惑っていると、Jは静かな微笑みを湛えたまま、控えめに申し出た。

少し自信なさげとも思えるその態度は、以前のJにはなかったものだ。まるで、優吾に迷惑をかけまいとしているような。それが不思議だった。

おそらくは、あの夜のことだろう。今さら何を話そうというのか。優吾にとってはともかく、Jには一夜の過ちではないか。

優吾には幸多がいる。息子の成長を見守る日々に、ようやくJへの想いやあの夜の記憶を封じられる気がしていたのに、また心がかき乱されてしまう。

しかし優吾が断っても、Jは諦めないだろう。優しくて穏やかな人だけど、こうと決めたら必ずそれを遂行しようとする。

日を改めたところで、当日までモヤモヤとした気持ちを抱えて何も手がつかないに決まっている。それに店なら万が一、アルファのJといて発情期の症状が現れても、抑制剤がある。

優吾はそこまで考えて、小さく息をついた。

「表の看板をしまってきます。今、ここでもいいですか」

「もちろんだ」

Jが心底ホッとした顔をした。手伝おうかと言うのを固辞して、看板を店の中に入れ、店のドアプレートを「CLOSED」にひっくり返す。

それから奥に戻り、母と祖母に来客があってしばらく店で話をすると伝えた。すでに幸多からJの名前を聞いていたのか、二人は少し心配そうな顔をしていた。

大丈夫だよと言いおいて店に戻ると、後藤の姿はなく、J一人が先ほどとまったく同じ位置でたたずんでいた。

「二人きりで話したいので後藤は帰したが、すぐそこに車の運転手と待機している。君が不安なら呼び戻すが、どうかな」

やはり控えめに言うので、優吾は首を横に振った。優吾としても、あの夜のことを他人に聞かれたくない。

「いえ、大丈夫です。お好きな席に座ってください」

Jは入口に近い四人席の前に立ち、優吾を振り返った。

「ここで、君と向き合って話しても？」

「ええ」

離れた場所で話すほうが不自然だ。そんなJの態度を訝しく思ったが、あえて尋ねる勇気はなかった。

「コーヒーはいかがですか。それから、余りもののケーキがあるんですが」

その提案には、にっこりと嬉しそうにする。

「後藤から聞いて、気になってたんだ。近所で人気の洋菓子店から仕入れているって。しかも、この店限定のスイーツなんだろう？」

相変わらず甘い物が好きなのだ。コーヒーを淹れると、ショーケースからケーキを取り出した。ちょうど二つ余っている。

「お待たせしました。コーヒーはキリマンジェロです。ケーキは当店一番人気の苺のケーキと、ショコラオランジュです」

テーブルの上にケーキの皿を並べると、Jは子供がおもちゃを選ぶように目を輝かせた。

「では、苺のケーキをもらおうかな。ショートケーキとは違うんだね」

「ホワイトチョコレートが練り込んであるんです」

優吾もJの前に座り、ケーキの説明をする。こうして二人でスイーツを囲んでいると、昔に戻ったかのようだった。

Jもそう思っていたのかもしれない。二人はしばらく、込み入った話はせずにケーキとコーヒーを堪能《たんのう》した。

「ケーキもコーヒーも素晴らしい。店の雰囲気も、どこか懐かしい感じがする。君が以前、言っていたとおりだったね」

その美しい微笑みを間近で見た途端、優吾は胸が締めつけられるような切なさを覚えた。

彼への恋情を忘れようと思った。忘れたつもりだった。なのに今、こうして目の前で彼を見ると、自分がまだどうしようもなく彼を好きなのだと自覚してしまう。

いやむしろ、これが恋だとはっきり理解した今だからこそ、余計に切なさが募るのかもしれない。

「あの……いきなり画廊を辞めて、申し訳ありませんでした」

改めて気づいた恋情を押し隠し、優吾は頭を下げた。あんなふうに仕事を辞めたことが、ずっと心残りだった。

Jや副社長の敬子をはじめ、画廊の人たちには世話になったし、いろいろなことを一から教えてもらった。たとえ辞めざるを得ない身体だったにせよ、挨拶もなく不義理をしてしまった。

「いや……」

優吾が突然、頭を下げたので、Jは戸惑った声を上げた。

「画廊の人たちには、病気で入院をしなければならなくなったと伝えてある。実際、退職届を出してすぐに入院していただろう。それも一年以上も。まだ完全には治っていないと聞いた」

今度は優吾が戸惑う番だった。

優吾が長期に入院していたことは、この店の常連やご近所さんはみんな知っている。後藤も常連客から話を聞いたかもしれない。詳しくは話せないので、表向きは根治が難しい病気だと言っていた。

しかし、画廊を辞してすぐに入院したことや、それが一年以上にわたることなどは、家族と病院関係者しか知らないはずだった。

なぜそれをJが知っているのか。優吾の表情から困惑を見て取ったのか、Jは「すまない」と謝った。

「後藤をここへ寄越すより前に、君のことはかなり調べていたんだ。幸多君という子供がいることも、この店を切り盛りしながら、美術関連のウェブライターをしているのも知っている」

優吾はびっくりした。優吾がウェブライターをやっていることなんて、知っているのは家族と姉の会社の人たちくらいだ。

しかし考えてみれば、Jのバックグラウンドにはデイヴィス家がある。アメリカ政府とも繋がりを持つと言われ、金だけでなく人脈もある。たとえ興信所では追いきれないことでも、Jには調べられるのかもしれない。

「あの夜の後、君とはまったく連絡が取れなくなった」

優吾は体調不良で休む、と会社に報告を入れるばかりで、Jからの電話やメールには一切応じなかった。

すみません、と口を開きかける優吾を、Jは静かに制した。

「あんなことがあったのだから、私と顔を合わせたくないのも当然だ。それでも君と話をすべきだったのに、実際に会いに行く勇気がなかった。そうしているうちに、父が亡くなって日本を離れることになった」

彼がアメリカに戻るのと前後して、優吾は本当に体調不良になり病院に駆け込んだ。自分の特殊な性と妊娠を知り、実家に逃げたのだ。

「君が退職届を出したと聞いて、会いに行かなかった自分を悔やんだ。敬子や、日本にいる知人に頼んで君がどうしているのか調べてもらったんだ。実家に戻ったことと、そのすぐ後に入院したのを知った」

調査は継続的に行われ、その後も優吾が長期にわたって入院していたことが、アメリカのJに報告されていた。

しかし、病名だけは調べきることができなかったらしい。優吾の体質はかなり特殊でデリケートな問題だから、優吾の情報は病院でも特に慎重に扱われていた。

「君の命が危ういんじゃないかと、心配だった。無事に退院したと聞いてホッとしたんだが。体調は、大丈夫なのか」

「はい。月に何日か具合が悪くなるのと、投薬と通院が必要ですが。それ以外は健常者となんら変わらないんです」

この五年間、優吾の知らないところでずいぶん心配をかけていたのだ。あんな離れ方をしたのに、Jは詰《なじ》るでもなくただ、優吾の身体を気遣ってくれる。

今も、優吾の言葉にホッとした顔を浮かべるのを見て、また胸が切なくなった。

「ご心配をおかけして、すみませんでした」

優しいこの人が好きだ。でもそんなことは言えない。おくびにも出せない。ただ過去を謝ることしかできなかった。

「君が謝ることはない。謝らなければいけないのは私のほうだ。……いや、どちらが謝るとかではなく、君に聞きたかったんだ。話をしなければと思っていた。再び日本に帰ってくるのに、ずいぶん時間が経ってしまったが、この五年、君を忘れたことはなかった」

最後の声に、どこか切迫した響きを感じてドキリとした。思わず相手を見ると、Jも優吾の表情を見逃すまいというように、じっとこちらを見つめている。

「ずっと聞きたかったんだ。あの夜のことを、君はどう思っているのか」

核心に触れられ、優吾は思わず息を呑んだ。それを怯《おび》えと取ったのか、Jは視線を和らげる。

「すまない。もしかしたら、君にとって嫌なことを思い出させてしまったかもしれない」

いいえ、と言いそうになって口をつぐんだ。あの夜のことは、Jにとってこそ、嫌な思い出なのではないだろうか。

揺れる優吾の目を、再びJが捉える。

「実際にあれが何だったのか、私自身よくわからないんだ。卑怯《ひきょう》な言い方かもしれないが、事実だ。あの夜、私は我を忘れて君を抱いた。理性を失って、まるで自分がコントロールできなかった。途中から、酒に酔ったみたいに曖昧なんだ。記憶はある。だが、どうして自分がそんなことをしたのかわからない。どこかで薬を盛られたのかとも考えたんだ。一瞬、君を疑った。そんなはずはないのに。それができる状況ではなかったし、君がそんなことをするはずがない」

優吾は黙って視線を落とした。今も鮮明に覚えている。理性を失いかけたJの、戸惑いの表情。それからほんの一瞬、優吾に向けた疑惑の眼差《まなざ》し。

あの時はショックを受けたけれど、一方で仕方のないことだとも思っていた。

Jの立場は複雑だ。お金持ちで、有名なアーティストで、人々が憧れる何もかもを手にしている。

彼と結婚したい、彼の子供を産みたいと思っている女性は大勢いるし、自分の娘や姉妹をJと添わせてうまい汁を吸いたい、という輩《やから》がそれよりさらにたくさんいる。ありもしない傷害だのレイプだのをでっち上げ、訴訟に持ち込んで賠償金をふんだくろうという、信じられない連中だって珍しくなかった。

あとからあとから、彼を利用しようという人たちが現れる。まるで倒しても倒しても湧いてくる、ゾンビみたいに。そう言っていたのは、敬子だったか。

　信頼していた人に裏切られたこともあったかもしれない。あの状況で、彼が最初に優吾を疑うのは無理からぬことだったのだ。

「君に会う前に、どこかで薬を盛られたのかと考えて、薬物検査もしてみたが、何も出てこなかった。冷静になって考えてみても、自分がどうしてああなったのか、わからないんだ。だが君が私の前からいなくなって、別の不安を覚えた」

　優吾は正面からJを見ることができなかった。けれど目の端に、彼がじっとこちらを見つめているのがわかった。それからテーブルの上に乗せた手を、下に引き込んだ。

　そっと、優吾との距離を取ったように感じた。

「ずっと気になっていた。あの夜、君は抵抗らしい抵抗をしなかった。むしろ誘っているように見えたが。それは私の願望にすぎないんじゃないかと。あの夜、私は無理やり君に乱暴したんじゃないか」

　Jがずっと、何を不安に思っていたのかがわかって、優吾ははっと顔を上げた。

「君は体調を崩していた。抵抗しようと思っても、抵抗できなかったんじゃないか。だとしたら、私は君をひどく傷つけただろう。これは犯罪だ」

「違います」

思わず叫んだ。Jがずっと、あの夜のことをそんなふうに考えていたなんて。

彼は、自分が優吾をレイプしたのではないかと考え、ずっと悩んでいた。

今もそうだ。琥珀色の目が、悲しみと不安を湛えてこちらを見ている。必要以上に優吾に近づこうとしなかったのも、優吾を怯えさせるのではないかと考えていたからだった。

「……違います。あれは、無理やりなんかじゃなかったです」

それだけ言って、優吾は膝《ひざ》の上に組んだ両手をぎゅっと握り込んだ。他に言えることはなかった。

自分たちの身に何が起こっているのか、あの時は優吾でさえわからなかった。でも今はもう、原因を知っている。

「あの夜、俺も何が起こったのかわからなかった。頭の中がぐちゃぐちゃで……」

目の前の男の身体を思い出しそうになって、優吾は息を詰めた。それを辛い記憶と勘違いしたのか、Jは痛ましそうな声を上げる。

「無理に思い出そうとしなくていい。本当にすまなかった」

「違うんです、本当に」

もどかしかった。優しいこの人は、優吾を傷つけたのではないかと、ずっと頭を悩ませていた。自分こそ傷ついたのではないだろうか。なのに、相手のことばかり考えている。

すべて打ち明けてしまいたかった。いたずらにJを悩ますより、そのほうがいいのではないか。

けれど、と優吾は思い直す。オメガバース症候群などという話を、Jは信じてくれるだろうか。

百万人に一人のオメガの優吾と、やはり百万人に一人のアルファという性を持つJがたまたま偶然出会い、互いに発情を誘発されて性交し、幸多という子供をもうけたなどと。

優吾だって、幸多の存在がなければ信じられなかっただろう。医者に説明された時でさえ、医者が騙《だま》しているのではないかと、少し疑っていた。

今この状況で、すべてを話して信じてもらえるわけがない。場合によっては、優吾の正気が疑われるかもしれない。

頭の中であれこれ忙《せわ》しなく考えて、結局優吾は真実を口に出すのを諦めた。

「俺にも、何が起こったのかわかりませんでした。でも、辛い思い出ではないです」

それだけは、伝えておかなければと思った。

「――あの頃」

もう一度、膝の上で手を握り込むと、優吾は思い切って顔を上げた。真っ直《す》ぐにJを見つめる。それまで逸《そ》らしていた視線を唐突に返されて、Jはわずかに身じろぎした。

「五年前、俺はあなたのことが好きでした。たぶん、恋愛感情として」

そう告げると、琥珀色の瞳が大きく見開かれる。優吾は過去の自分に呆れるように、微苦笑を浮かべてみせた。

「今まで恋愛もろくにしてこなかったから、よくわかってなかったんですけど。あなたのことを尊敬していて、たぶんそれ以上の感情を抱いてたんだと思います。あの翌朝、びっくりして逃げちゃったけど、しばらくして冷静になったら、ラッキーだったなと思うようになって。だって、あのジェレミア・デイヴィスと『寝た』なんて、ちょっとしたステイタスでしょう？」

相手が訝しげな表情を浮かべるのを見て、自分の芝居の下手さにうんざりした。こういうことは苦手だ。でも、この場をちゃんと取り繕わなければいけない。

「だから俺にとって、あの夜のことはいい思い出なんです。でも直後は恥ずかしくて、あなたの前であんなふうになったのが気まずくて、逃げ回ってしまって。すみませんでした。きっとJにとって、早く忘れたい出来事だろうとも思って」

「そんなふうには思っていない。私は……」

Jがなおも何か言おうとするのを、優吾は「ありがとうございます」と微笑みで遮った。

「でもその後、幸多の母親に出会うことができました。彼女とは、夫婦になることはできなかったけど……。でもおかげで、幸多を授かることができた。幸多を育てながら、大好きなこの店を継いで、幸せなんです」

彼女なんて存在しない。嘘をつくのは胸がつかえるようで嫌だったが、そう言うしかなかった。

あの夜のことは傷なんかではない。いい思い出で、今は別の幸せを築いている。

五年も無為に苦しめていたJを、早く解放しなくてはと思った。優吾が何も言わずに去ったせいで、彼を悩ませ、わざわざ日本に来させてしまったのだ。

あんなことがあったから、疎まれていると思っていた。でもそうではなかった。Jはやっぱり優しかった。

多忙な身の上で、わざわざ優吾のところまで来てくれた、それが嬉しい。真実を告げられないことに一抹の心苦しさを覚えるけれど、本当のことを言わないほうが上手くいくこともある。

優吾が今すべきは、Jの憂いを払うことだ。あれは事故だった。優吾とのことなんて早く忘れて、彼自身の幸せを追ってほしい。

もしかしたら、この五年の間にJも恋人ができたかもしれない。彼ほどの男だ、むしろ恋人がいるほうが自然だろう。過去は過去として、その人と幸せになれるといい。

本当のことを言えば、恋人がいるかもしれないと考えただけで胸がじくじくと痛んだ。

でも、Jの孤独を癒《いや》せる相手がいるなら、祝福すべきだ。

「長い間、不義理をしてすみません。そして俺のことを気にかけてくださって、ありがとうございました。どうかもう、俺のことは気にしないでください」

優吾なりに大きな決意をして、告げたつもりだった。自分には幸多がいる。それでもう、じゅうぶんすぎるほど幸せだ。

「あの夜のことは、本当に無理やりではないと？」

Jは黙って優吾の話を聞いていた。不安げな表情のまま尋ねるから、微笑んでうなずいた。

「いくら尊敬する上司だからって、無理にされて泣き寝入りなんてしません。本当に、どうしてあんなことになったのか、あの時はわからなかった。気まずい思いもしたけど、でも決して辛い記憶ではなかった。それは信じてください」

相手の目を見て断言すると、Jは初めてホッとしたように肩の力を抜いてうつむいた。

「よかった。ずっとそのことが気がかりだったんだ」

やがて顔を上げ、控えめな微笑みを浮かべるJに、これで終わったと思った。だが次に彼がもたらしたのは、想像もしない言葉だった。

「もしも君に乱暴をしたなら、私には許しを請う資格すらない。だがもしそうでないなら、もう一度やり直させてくれと言うつもりだった」

「やり直す？」

どういうことなのか、わからなかった。訝しげな視線を向ける優吾の手に、Ｊはそっと、指先だけ触れた。

「何もかも、最初から。私はもう君の上司ではない。一人の男として近づくことを許してほしい。君の愛を乞《こ》いたいんだ」

あい、という二音を理解するまでに数秒かかった。「あい……」優吾は呆然としながらつぶやく。

Ｊはそんな優吾に優しく微笑み、今度はしっかりと優吾の手に自分の手を重ねた。

「そう。私は君に、求愛したい」

優吾はその言葉の真意がわからず、ただ呆然とするしかなかった。

四

あの日の出来事を、優吾は今でも鮮明に覚えている。夢にさえ見た。

発端は、Ｊに食事に誘われて、体調が悪い時期だとわかっていたのに引き受けてしまったことだった。

「久しぶりにまとまって、休みが取れることになったんだ。これからまたしばらく忙しくなるだろう。たまにはゆっくり、酒でも飲みながら食事をするのはどうかな」

ネット通話越しに、Ｊからのそんな誘いを受けて優吾は浮き立った。

その時、Ｊは日本にいたが、その前の月はアメリカだったし、日本に戻ってからも、在日中の実業家やアメリカの外交官、日本の政治家といった人たちと会っていて、ほとんど画廊に現れていなかった。

だいぶ前からＪの父の容態が悪く、Ｊがいよいよ父に成り代わってデイヴィス家に君臨することがわかってから、とみに有力者からの誘いが顕著になっていた。

そんな中、優吾を誘ってくれた。嬉《うれ》しくて、一も二もなく了承した。

日にちを言われた時から、体調不良の時期にかかることは気づいていた。でもそれがなんだというのだろう。

たとえだるくても、這《は》ってでも行きたい。身体《からだ》の疼《うず》きは、我慢すればいい。

優吾は寿司が食べたいと言った。優吾は魚が好きだし、寿司はＪの好物でもあった。

「また寿司でいいのかい？　君の好きな激辛四川料理でも付き合うけど」

辛いものが苦手なＪは、冗談めかして震える仕草をしながら言った。優吾は笑って寿司がいいと言い、Ｊは有名な老舗《しにせ》寿司店の予約を取ってくれた。

店はこれも有名なグランドホテルの中にあった。食事の後、ホテルのバーラウンジで飲む計画をした。

約束の日はちょうど金曜日で、翌日は優吾も休みだ。夜遅くまで飲んだとしても、差し支えない。

「酔っぱらって帰れなくなっても、すぐ上に泊まればいいしね」

Ｊは冗談めかして言った。彼は当時、アメリカと日本を頻繁に行き来していて、日本ではホテル住まいだった。

老舗寿司店の入っているグランドホテルの最上階が、Ｊの定宿だったのだ。

「そこまで飲みませんよ。でもまあ、あなたが潰《つぶ》れてもすぐに送り届けられるから、便利ですね」

優吾もJの冗談に軽口で返し、その日が来るのを心待ちにしていた。

当日は、朝から体調が悪かった。ちょうど時期がかぶってしまったな、と、まるでこの体調不良を女性の生理のように考えている自分に少し笑った。

それでも今日は、仕事が終わればJに会える。そんな気持ちの高揚とは裏腹に、時間が経つにつれて身体はどんどん具合が悪くなっていった。

身体がだるく、普段なら休暇をもらう状態だ。しかしそれよりも顕著なのは、身体の奥の疼きだった。

絶えず身体の奥が疼いて落ち着かない。仕事中も堪《こら》えるのに必死だった。どうにか仕事をこなしたが、夕方になっても体調は変わらず、むしろひどくなっていくようだった。

敬子や画廊の先輩たちにも、普段と様子が違うことを気づかれてしまった。大丈夫ですと請け合ったが、こんな状態ではとてもJと食事を楽しむことなんてできない。

（どうしよう……）

画廊を出て待ち合わせの場所へと歩き出したものの、倦怠感《けんたいかん》と性的欲求がさらに激しくなり、ただ歩くことすら辛《つら》くなってきた。

もう今夜の約束は、断るしかないだろう。だが、約束のホテルはもう目と鼻の先だったし、せめて顔を見て事情を説明したいと思った。

取り急ぎ、メールで連絡をする。すると、すぐにJから電話がかかってきた。

『今どこにいる？　迎えに行く』

急《せ》いた声に、こちらも慌てた。ただ体調がおもわしくないだけだと告げたが、Jは納得していないようだった。

『君がそう言うなら、よっぽど悪いんだろう。迎えに行くから、遠慮なんてしないでくれ。今から病院に行こう』

不調は気になるが、身体が疼くなんて医者に言えない。

「いえ、いつものことなんで、本当に大丈夫です。いつも、時間が経てば治まるんです。ただ、久しぶりにあなたと食事ができるのに、残念だと思って。せめて会ってから帰ろうかと。もうすぐ待ち合わせのホテルに着きますし」

『……それなら、ホテルの私の部屋まで来なさい。部屋で待ってるから。せめて休んでいきなさい』

わずかな間の後、Jは強い口調でそう勧めた。

雇い主にそこまで甘えるのは気が引けたが、すでに歩くのも辛くなってきている。どこかで休ませてもらえるのはありがたかった。

優吾はJの言葉に甘え、気だるく疼く身体を引きずってJのいるホテルまで歩いた。ホテルに着いて、エントランスからエレベーターホールへと歩く、その道のりがとても長く感じられた。

「なんだこれ、香水？　ちょっときつくない？」

エレベーターに同乗したカップルの男性が、ボソボソと女性に話すのが聞こえた。女性は「何も匂《にお》わないよ」と不思議そうにしている。

そういえばここに来る途中でも、甘い匂いがする、という人たちの声を聞いた。だが優吾は一度も感じなかったし、今はそれどころではなかった。

最上階の部屋の前に辿《たど》り着いた時、優吾はこれで身体を休めることができると、ほっと力を抜いた。

「優吾」

ベルを鳴らした途端、Jがドアを開いて現れた。その姿を見た時の感覚を、なんと表せばいいだろう。

Jと対峙《たいじ》した時、心の奥底から甘く悶《もだ》えるような衝動が迸《ほとばし》るのを感じた。

何年も一緒に仕事をして、見慣れた相手のはずなのに、初めて見るような、まるで一目ぼれでもしているような感覚を覚える。

胸がドキドキして、下腹部がずんと重くなった。身体が火照《ほて》る。

「優吾、大丈夫か！」

ふらふらと足をもつれさせた優吾を、Ｊは血相を変えて抱き止めた。上等なスーツ越しに、彼の逞《たくま》しい身体を感じる。鼻先にトワレの香りがかすめた。

「……っ」

甘い匂いがする。そう知覚した瞬間、体内にまた別の衝撃が駆け抜けた。

——目の前の男に抱かれたい。

はっきりと、誤魔化《ごまか》しようもなく思った。視線がＪの下腹部へと吸い寄せられる。その奥にある一物で貫かれたい。

そんなことを考える自分にゾッとした。いったい、どうなってしまったのだろう。

「とりあえず奥へ」

Ｊは優吾を抱えるようにして、部屋の中へ迎え入れた。

部屋は二間あるスイートルームだった。Ｊはリビングのソファに優吾を座らせた。

「顔が赤いな。熱があるのか」

「わ、かりません……。あの、すみません、水を……」

身体が熱い。口の中がいつの間にかカラカラに乾いていた。

Ｊはすぐにミニバーにあるミネラルウォーターのボトルを持ってきてくれた。優吾が手が震えて上手く力が入れられずにいると、蓋《ふた》を開けてグラスに注いでくれた。

「ありがとう、ございます」

優吾はそれをごくごくと飲み干した。飲み込み切れない水が顎《あご》を伝ってこぼれたが、気にかける余裕もなかった。

その様子を見ていたＪが、ふいと視線を外したことにも気づかなかった。

「優吾。今から病院に行こう」

どこか急いた様子でＪが言ったが、優吾は首を横に振った。

（熱い……奥が……）

頭が沸騰しそうだった。自分の理性がその熱に飲み込まれていくのがわかる。

（いったい、なんなんだ……これは）

Ｊがほしい。この人に抱かれたい。間近に彼がいると意識しただけで、身体の奥から熱くて甘ったるいものがドクドクと溢《あふ》れてくる。

このままＪのそばにいたら危険だ。Ｊに迷惑をかけてしまう。頭の隅にある理性が訴えかけている。でも、身体が動かない。

「あ……っ」

たまらなくなって、優吾はソファから崩れ落ちた。グラスを取り落とし、中の水が優吾の服を濡《ぬ》らす。

「優吾！」

Ｊが慌てて駆け寄ってきた。ダメだ、と反射的に思った。今、自分に近づいてはいけない。どうか来ないでほしい。

「大丈夫か。やはり病院へ――」

しかし祈りも虚《むな》しく、Ｊは優吾を助け起こした。彼の触れた場所から、ゾクゾクと快感が駆け巡る。

（ダメだ、もう……）

見上げると、Ｊがこちらを凝視していた。目が合っても、無言のまま見つめ続ける。優吾も目を逸《そ》らせなかった。

唇を寄せたのは、どちらが先だっただろう。だがそんなことは、どうでもよかった。温かな唇が重なった時、優吾の頭の片隅にあった理性は溶けてなくなった。

「ん……っ」

二人は無言のまま、何度もキスをする。そのたびにジンジンと身体の奥が疼き、熱が高まった。

優吾はもうすでに理性を失くしていたが、Jにはまだ若干の思考が残っていたようだ。何度目かのキスの後、Jはハッと我に返った様子で唇を離した。

「すまない……私は、何を……」

珍しくうろたえたその表情を、優吾は可愛《かわい》らしいと思った。離れようとするJのスーツの襟を咄嗟《とっさ》に摑《つか》む。

息を吞《の》む音がして、Jが目を見開いた。優吾がその目を見つめると、再び吸い寄せられるように顔が近づいた。

「ん……Jっ、ふ……」

揉《も》み合うようにしてキスを繰り返す。水に濡れた服が擦《こす》れて気持ちが悪かった。無意識に襟元を毟《むし》る仕草をすると、ふっと笑う声がした。

「シャワーを浴びよう」

熱い吐息が唇に触れる。Jは身を起こすと、優吾の身体を両腕で抱え上げた。

「……っ」

「摑まって」

一瞬、理性が戻った気がしたが、甘く微笑《ほほえ》まれ、どうでもよくなった。優吾はJの首に腕を回し、抱きつく。これからどうなるのか、考えることもなかった。

Ｊがほしい。もっと深く味わいたい。優吾の頭の中は、そのことでいっぱいだった。

バスルームに連れていかれ、毟り取るように服を脱がされた。優吾もまた、震える手でＪのベルトを解いた。

スイートのバスルームからは都心の夜景が広がっていたが、それを美しいとぼんやり思ったものの、眺める余裕などありはしなかった。

「ん……んっ、Ｊっ」

唇を激しく貪《むさぼ》られながら、生まれたままの姿にされた。Ｊが優吾のズボンを下着ごと引き下ろすと、勃起《ぼっき》したペニスが勢いよく跳ね上がった。

「綺麗《きれい》だ。何もかも。それに甘い匂いがする」

耳元で囁《ささや》く声が掠《かす》れていて、それが余計に優吾の官能を煽《あお》った。

「Ｊ、あなたも、早く……」

相手がまだ服を着ているのがもどかしい。Ｊのズボンの前立ては大きく張り詰めていた。キスをしながら、Ｊは自ら服を脱ぎ捨てる。赤く怒張したペニスがそそり立ち、優吾はそれを目にした途端、思わず息を呑んだ。

極太の性器に恐れをなしたのではない、期待したのだ。

「すごい……俺、こんなの……」

普段の優吾だったら、それが自分の身体を犯すのだと考えたら、恐ろしさに身がすくんだだろう。

だが今の優吾は冷静ではなかった。Jの、エラの張った雁首《かりくび》やビクビクと興奮に震える肉茎に舐《な》めるような視線を這わせた。鈴口からぷっくりと蜜《みつ》のような先走りがこぼれ出るのを見て、舌なめずりをする。

早くそれをぶち込んでほしくてたまらなかった。襞《ひだ》が疼いてたまらない。今すぐそこを押し広げ、男を咥《くわ》え込みたかった。

優吾は逞しい怒張に手を伸ばしかけたが、それより早く、Jが優吾の身体を抱え上げた。そのままシャワーブースへ連れていき、コックを捻《ひね》る。頭上から降り注ぐ冷たい水にびくっとしたが、それはすぐに温かくなった。

「優吾……甘い匂いが消えない」

もしかするとその時、Jはなけなしの理性で、甘い匂いを……オメガのフェロモンを消そうと考えたのかもしれない。

けれど匂いは消えなかった。むしろシャワーブースにフェロモンがこもり、二人の理性の箍《たが》を完全に外す結果となった。

Ｊは向かい合わせになると、優吾の片足を腕に乗せ、もう片方の手を露《あら》わになった優吾の秘孔へ潜り込ませた。

肉襞に柔らかな指先が触れたかと思うと、奥へと沈み込んでいく。

「痛く、ないか？」

熱に浮かされたような虚《うつ》ろな表情のまま、それでもＪは優吾の身体を案じた。黙って首を横に振ると、指はさらに奥へ潜り込んでいく。それは根元まで埋め込まれ、再び引き抜かれた。

「ひ……っ」

ゾクゾクと肌の粟立《あわだ》つ感触に悲鳴が上がる。だがＪは、優吾が快楽を感じているのだと悟ると、指の抜き差しをいっそう激しくした。

「あ、それ……やっ」

「柔らかい。どうして君のここは、こんなに柔らかいんだ？」

「し、知らな……」

「それに濡れてる。蜜が溢れてくる」

Jの言うとおりだった。指で内壁を擦られるたび、愛液がくちゅくちゅと音を立ててこぼれ出る。

そしてそれは優吾にとって、たまらない快感だった。

「J、だめ……だめ、もうっ」

射精感が込み上げる。ぶるっと身震いしたかと思うと、優吾のペニスは勢いよく精を噴き上げていた。

「あ……あ……」

今までにない絶頂感に、身体が震える。だがJの指を咥え込んだそこは、まだひくひくと物ほしげに疼いていた。

「君がこんなにいやらしい身体をしていたなんて、知らなかった」

興奮の混じった声で、Jがつぶやいた。肉食獣が獲物を前に舌なめずりをするように、獰猛《どうもう》な目が汗ばんだ優吾の身体を眺めている。

唐突に後ろから指が引き抜かれ、優吾は甘ったるい嬌声《きょうせい》を上げた。咥えるものがなくなったそこが、もっと逞しい肉を求めて震えた。

「J、お願い……ここに入れて」

優吾は自らの指を添え、肉襞を割り開く。自分のものとは思えない柔らかなそこが、くちゅりと濡れた音を立てた。

「いいのか」

相手の痴態に、Ｊはごくりと喉《のど》を上下させ、低く唸《うな》るように確認した。

「たまらないんだ。いいから、早く……」

意識をし始めると、じれったくて悶えるくらいの渇望を覚えた。たまらず、自分の指でそこを慰める。

「Ｊ……」

濡れた目で相手を見上げ、懇願した時、Ｊの目の色が変わったような気がした。

何も言わず覆いかぶさったかと思うと、嚙《か》みつくように優吾の唇を奪う。腰を抱え上げ、猛《たけ》ったペニスを濡れそぼった秘部に押し当てた。

「あぁ……っ」

熱い塊が、襞を割ってずぶずぶと埋め込まれていく。望んでいた感覚に、優吾は我知らず身悶えた。

「く……」

Ｊもまた、腰を進めながら何かを堪えるように、震える息を吐く。

根元まで埋め込まれたペニスは太く長くて、優吾は身体の奥までＪに征服されているのを感じた。

「……狭いな。だが君の身体は雄をすんなり受け入れる。男とセックスすることに、慣れているのか？」

Ｊが唇を啄《ついば》みながら尋ねてくる。優吾は反射的に首を横に振った。

「慣れてなんか……」

男を受け容《い》れるどころか、誰《だれ》かとこんなふうに肌を合わせるのさえ、初めてなのに。

「本当に？」

疑いを口にしながら、Ｊは腰を軽く穿《うが》ち、浅い部分を突き上げた。

「ひ、ぃ……っ」

唐突な強い刺激に、優吾は大きくのけ反った。Ｊはさらに二度三度、同じ部分を突いた。

「私のペニスを咥えて、君の後ろはこんなに喜んでいるのに？」

「や、そこ、やめ……」

射精したばかりのペニスから、ぴゅっと潮が吹き上がる。気持ちがいいのに、Ｊは少し動いただけでやめてしまう。

「Ｊ、お願……」

たまらず、優吾はＪの首に腕を回し、自ら腰を動かした。それを見て、Ｊは獰猛に笑う。

意地悪をするようにぐっと優吾の腰を抱きしめ、優吾がそれ以上、自分で動けないようにした。

「やだ、焦《じ》らさないで」

「いやらしい子だ。男の恋人がいるのか？　そいつは君が私とこんなことをしていると知ったら、なんと思うだろうな」

言葉で優吾をいじめながら、Ｊの唇は優しくキスをする。

「いない、恋人なんて……今まで一度も」

「本当に、誰も？　私が初めてだというのか」

詰《なじ》るように言いながら、ぐりぐりと腰を回す。

「ひ、あっ、あ、そこ……っ」

もっとほしいのに、Ｊの逞しい腕が自由に動くことを許さない。

こんなふうに意地悪な彼は初めてだった。被虐の中に甘い恍惚《こうこつ》を感じて、優吾はぽろぽろと涙をこぼしながら媚《こ》びるように相手を見上げた。

「初めて……本当に初めてです。誰とも、寝たことなんかない」

優吾の奥で、Ｊのペニスがさらに大きく育った。

「……優吾……ああ」

Ｊの目から突如、獰猛な光が去った。いじめていた小鳥を憐《あわ》れむように、ぎゅっと優吾の身体を抱きしめる。

「愛してるんだ。私は君を……」

その声を聞いた時、優吾の胸が震えた。一瞬の間、理性が戻った。

愛している。なんて甘美な言葉だろう。だがすぐに、その喜びは甘ったるい快楽の底に沈んだ。

「愛してる、優吾。君にひどいことを言った。見知らぬ男に嫉妬《しっと》したんだ」

違う。これはただの熱に浮かされたうわ言だ。Ｊは、自分も、冷静ではないから。

「許してくれ」

Ｊは優吾を愛してなんかいない。これは何かの間違いだ。どうしてこんなことになったのかわからない。

「大丈夫。……だから」

甘い快楽が、再び優吾の理性を溶かす。どうしてこんなことになったのか、Ｊの愛が本当かどうかなんてどうでもいい。ただ今は、この男の雄を存分に感じたいだけ。

「Ｊ、お願い……」

抱きしめられた腕の中で、腰を小さく揺すって男を誘惑する。自分がひどく淫猥《いんわい》で、邪悪で汚れた存在に感じられた。

——でもそれだって、どうでもいいことだ。

「来て、J」

意識して肉襞を締め上げる。Jが苦しそうに低く呻《うめ》いた。

「優吾」

かぶりつくようにキスをした後、男はたまりかねたように激しく腰を穿ち始めた。

「あっ、あぁ……っ」

ぱちゅぱちゅといやらしく肉を打つ音とともに、待ちに待った快感が身体を駆け抜ける。

優吾も我を忘れて腰を振りたくった。

Jも夢中で腰を打ちつけ、優吾の唇や首筋を痛いくらい吸い上げる。快感に震えると、
Jの目に再び獰猛な色が宿った。

「どこもかしこも感じるらしいな。ここは?」

長い指が、優吾のぴんと尖《とが》った乳首を捏《こ》ね上げる。後ろを穿たれるのとはまた違った刺
激に、優吾は声を上げた。

「ひ……っ」

「そんなに、いいのか」

笑いを含んだ声が言い、さらに強く捏ね上げる。後ろを犯されながら乳首を刺激され、優吾は声にならない悲鳴を上げて、再び射精した。

「あ、やぁ……」

精を噴き上げた後も、射精感が止まらない。身体がわななき、肉襞がきゅんきゅんと男を締め上げた。

「……っ、優吾……っ」

舐《ねぶ》るようにペニスを食い締められ、Jが低く呻く。

「っ、あ……ぁっ」

優吾の腰をぐっと抱き寄せたかと思うと、びくびくと震えながら射精した。巨根から溢れ出る精液は大量で、繋《つな》がった場所から飲み込み切れないそれが溢れ出てくる。

優吾は身体の奥に精を注ぎ込まれながら、不思議な充足感を覚えていた。もっともほしかったものが、手に入ったような。

しかしまだ、快楽の火は消えてはいない。それは、Jも同じようだった。

「だめだ、収まらない」

長い射精の後、Jがどこか途方に暮れたように言った。

溢れるほど射精したのに、優吾の中にあるペニスは硬いままだ。

「J、もう一度……」

ジン、と奥が濡れるような感覚があり、優吾はJに抱きついて自分からキスをした。Jは一瞬、驚いたように目を瞠《みは》ったが、すぐに唇に応《こた》えた。

「ん、んっ」

角度を変えてキスを繰り返しながら、Jがシャワーを止める。繋がったまま抱えられ、バスルームを出た。

「あ、っ……」

Jが歩くたびに、繋がったそこが刺激される。優吾はぎゅっとJの首に抱きついた。

リビングを横切り、奥のベッドルームへ移動する。キングサイズのベッドに横たえられ、向かい合って貪るようにキスをしながら、再び腰を穿たれた。

二人とも身体は濡れそぼっていたが、そんなことはどうでもよかった。

「優吾、ああ……」

ベッドの上で、Jは先ほどよりも激しく腰を使う。正常位の体勢は、立位よりずっと深くまでペニスを飲み込んだ。

「あ、や……深……っ」

逞しい身体に組み敷かれ、間断なく突き立てられて、優吾も甘い声を上げながら腰を振った。肉襞で舐めるようにペニスを締め上げる。

吐精を伴わない絶頂が幾度もあった。Jが二度目の射精をし、荒い息の合間に、再び挑みかかられたのを覚えている。

「も……だめ……」

激しいセックスに疲労を感じていたが、出たのは甘ったるく媚びた声だった。逃げるように身をよじると、Jは無言で覆いかぶさり、優吾の尻《しり》たぶを摑んだ。

「あ、あ」

ずぶずぶと背後から挿入され、嗚咽《おえつ》の混じった声が上がったが、Jは構わず犯し続けた。

いつ意識を失ったのか、定かではない。激しい交接の末に、優吾はいつの間にか意識を手放していた。

はっと目を覚ました時、ベッドルームの窓からはさんさんと朝日が降り注いでいた。

隣には、Jがうつぶせになって死んだように眠っている。ぐったりとしていて、一瞬、本当に死んでしまったのではないかと心配した。

身を起こそうとして、ひどい筋肉痛と倦怠感を覚えた。フルマラソンをした翌日のように疲労困憊《こんぱい》していた。

身体の疼きは不思議なくらい治まっていて、代わりに優吾を襲ったのは激しい羞恥《しゅうち》と後悔だった。

とんでもないことをしてしまった。Ｊと、尊敬する上司と寝てしまった。

パニックになりかけた頭で、どうにかベッドを下りる。もたもたとベッドルームを後にしたが、Ｊはその間もぴくりとも動かなかった。

リビングとバスルームに散らばった服をかき集め、身に着けた。それらは端々が濡れていて気持ちが悪かったが、とにかく服を着た。シャワーを浴びる余裕はなかった。

ホテルのエントランスでタクシーに乗った。肉体は疲れ切っていて、電車で家まで帰れる自信がなかったのだ。

タクシーの後部座席に乗り込んだ時、尻からどろりと何かが溢れるのを感じた。Ｊの精液だった。

シートを汚さないよう、スーツの上着をさりげなく尻に敷き、やり過ごした。そんな自分が滑稽《こっけい》で、悲しくて、優吾は寝るふりをしてうつむき、溢れる涙をそっと拭《ぬぐ》った。

五

「ユウちゃん。ねえ、ユウちゃんっ」

足をぽすぽす叩《たた》かれて、はっと我に返る。足元を見ると、幸多がむうっと膨れてこちらを見上げていた。

「人を叩いたらダメだろ」

め、とたしなめたが、「だって、呼んでも返事してくれない……」と不服そうに言い返した。謝りたくない葛藤《かっとう》の表れか、ぐねぐねと身をよじりながら言う。

ふと手元を見ると、マグカップには牛乳がいっぱいに満たされていた。どうやらぼんやりしていたらしい。

「ごめんね。ぼーっとしてた。どうしたの」

なんでもない顔をして、幸多に向き直る。店を閉めて夕食後、祖母と母はそれぞれ自分の部屋にテレビを見に行き、キッチンはがらんとしていた。姉はまだ会社だ。

「あのね、あのね」

幸多はわざと言うことをためらうように、ちょっと芝居がかった仕草でモジモジと身をよじる。幼稚園に行く前はこんな仕草はしなかったな、と、息子のおかしな変化に少し笑ってしまう

「ジェーはこんどは、いつくるの？」

息子の口から出た名前に、一瞬、身体が固まった。

「さあ、いつかな。Jはお客さんだからね。いつ来るかわからないんだ」

「わからないの？」

幸多は悲しそうな顔をした。Jに会いたくてたまらないらしい。というより、Jに遊んでもらいたいだけなのだろうが。

肩車をしたり、膝《ひざ》に乗せてドライブごっこをしたりと、Jがすることは他愛《たわい》もないことなのだが、大柄な男性にしてもらう遊びが、幸多には新鮮だったらしい。特に肩車は見晴らしがよかったらしく、すごかった、と興奮していた。

そういえば自分は、幸多に肩車をしてやったことはなかった。それで優吾もまったく同じことをしてやったのだけれど、「なんか、ちょっとちがうの。ごめんなさい」と、小さな息子に残念そうに謝られ、がっくりきた。俺も男だし、背が低いわけじゃないんだけどな……と、妙にプライドを刺激されてしまった。

「あのさ、幸多」

　しかし、あまりJに期待をされても困る。ここらでちゃんと言っておかなければ。優吾は幸多の前にしゃがみこんだ。

「あのね、Jはうちの店のお客様だろ？　コーヒーを飲みながらのんびりするために来てるんだ。それを邪魔しちゃだめだ」

　実際には、Jは別の目的があって来ているのだが、そんなことは言えない。不服そうにうつむく幸多に、優吾はなおも言い聞かせた。

「Jが来ても、もう遊ばない。Jはお客様なんだからね」

　幸多はむうっと頬《ほお》を膨らませる。

「約束できない子は、もうお店に出させないよ」

　言うと、「やだ……」と、泣きそうな顔になった。可哀想《かわいそう》だが、やりたい放題にさせては他のお客にも迷惑がかかる。

「Jとお店で遊ばない。Jがいいよって言ってもだめだ。約束できるなら、お店に来てもいい」

　じっと幸多の顔を覗《のぞ》き込んでいると、やがて幸多は自分の足元を見たまま、「……わかった」と、たいそう不満そうにうなずいた。

「ありがとう。じゃあ、ミルク飲もうか」

「いらないっ」

ホッと笑顔になったのもつかの間、幸多は叫んでダッと駆け出した。リビングのテレビの前まで来ると、こちらに背を向けて体育座りをしてしまう。

わかったとは言ったものの、感情的には納得していないのだろう。

「じゃあ、幸多の分も俺が飲んじゃうぞ」

「いいもん」

すっかりへそを曲げている。優吾は嘆息し、小さなマグカップいっぱいに満たされた牛乳を半分、自分のカップに移した。

しょうがないなあ、とぼやきつつ、幸多が納得しないのも無理はないとも思う。

Jがコーヒーを飲みに来ているのは口実で、優吾と幸多に会いに来ているのだから。

——君の愛を乞《こ》いたいんだ。私は君に、求愛したい。

熱を孕《はら》んだ琥珀色《こはくいろ》の瞳《ひとみ》と艶《つや》のある低い声音を思い出し、優吾は身体の奥がゾクリと甘く震えるのを感じた。

Jが突然、姿を現したあの日。彼にその言葉の真意を深く尋ねることはできなかった。

『ユウちゃん、ばんごはんは？　って、ばあばが』

自宅の入口からひょっこりと顔を出した幸多に、Jと優吾の間にあった濃い空気が霧散した。

あと少ししたら行くよ、と優吾が返すと、幸多はまた自宅に引っ込んだ。

『幸多君は、三歳だったかな』

優吾が驚いて振り返ると、Jは『すまない』と謝った。

『あの子のことも調べたんだ。というか、君のことを調べていて、子供ができたと聞いてショックだった。私にショックを受ける権利なんかないと思ったが』

悲しそうなJの顔を見ながら、ぼんやりと考える。

幸多は、妊娠四十三週目で産まれた。女性の場合は四十週前後で産まれることがほとんどだから、一か月近く遅く過期産といえる。オメガの場合はこれが正常なのだそうだが。

通常の男女の妊娠期で逆算すると、優吾はJと関係したすぐ後に、女性と結ばれて幸多をもうけたことになる。

優吾がJとのことをなかったことにして、他の女性と付き合い始めたと見られても仕方がないだろう。あるいは、すでに付き合っている女性がありながら、Jとあんなことをしたのだと。

『すでに相手がいるなら、私の出る幕はないと思った。だが、調べても相手の母親のことがわからなくて』

それはそうだ。女性の母親などいないのだから。優吾は真実を告げることもできず、黙ってうつむいていた。

『君には大切な人がいるのかもしれない。だが今、その人がそばにいないのは事実だ。それなら私は、どうにかして君の心を奪いたい』

熱のこもった声に、優吾は顔を上げて呆然《ぼうぜん》とした。射貫くような強い目が、こちらを見据えている。

優吾が怯《おび》えていると思ったのだろうか。Ｊは視線をわずかに和らげ、悲しげな、憐れみを乞うような顔をした。

『やり直したい。あの夜の前から、きちんと』

Ｊの言葉の意味を詳しく尋ねようとした時、自宅に続くドアがカチャリと開く音がした。慌ててＪに重ねられた手を引っ込める。

『ユウちゃん……だいじょうぶ？』

振り返ると、幸多がドアの隙間《すきま》から不安そうにこちらを覗いていた。

張り詰めていた緊張の糸がたわんで、優吾はホッと息を吐く。そしてそれを見て、Ｊも立ち上がった。

『今日はお暇《いとま》するよ。また来る。もっと君と話し合いたい。ただ、今の言葉は冗談でもなんでもなく、君とのことを真剣に考えていることだけは、覚えていてくれ』

そう告げて、雨の降りしきる中を帰っていった。あまりにも突然で目まぐるしい出来事に、優吾はその日はぼんやりしてしまった。

Jが何を考えているのか、わからなかった。

普通ならば、愛の告白だと取っただろう。だがなぜ今さら？　Jは優吾に対して、部下以上の感情を持っていないはずだ。

考えて考えて、優吾はJが、彼なりにあの夜の責任を取りたがっているのだと考えた。もう一度、あの夜の前からやり直したいと、Jは言った。君とのことを真剣に考えているとも。

愛しているとは言わなかった。当然だ。Jは優吾を愛してなんかいない。かつての彼は一度だってそんな素振りを見せなかった。あの夜に優吾を抱きながら愛を告げたけれど、あれはうわ言のようなものだ。

誠実で優しい彼は、優吾との一夜をずっと気に病んでいた。おまけにあんなことのあった直後から優吾は入院し、治らない持病を抱えるようになった。母親のいない息子を男手一つで育てるため、実家に戻って。

同情、なのだろう。そうとしか思えない。優吾はJの行動をそう結論づけた。

それからJは、たびたび店にやってきた。一人の時もあれば、後藤とともに来ることもある。

店に来ると彼は、コーヒーや紅茶と一緒に、必ずスイーツを頼んだ。昼時、軽食を食べる時も食後にケーキやプリンを食べる。しかも、とても嬉しそうに。最初に食べた苺《いちご》ケーキは、彼のお気に入りだ。

この完璧《かんぺき》な美貌《びぼう》を持つ日系アメリカ人は、たちまちご近所の噂《うわさ》になり、映画から抜け出たようなハンサムが甘いケーキを幸せそうに食べる様を、常連の客たちは楽しそうに眺めている。

Jは頻繁に店に来るが、あの日以来、込み入った話はしなかった。したくてもできない状況なのだ。

店には絶えずお客や優吾の家族がいるし、Jも相変わらず忙しいようだった。一時間もすると、後藤から呼び出されて仕事に戻っていく。

ただ、幸多のことはよく構ってくれた。他の常連客は幸多を優しく見守るだけだが、Jは積極的に幸多と遊ぼうとする。

幸多は最初のうち、人見知りしない彼には珍しく、Jを警戒していたのだが、店で優しく話しかけられたり、肩車や膝に乗せてもらったりしているうちに、すっかりJと打ち解けた。今ではこうして、Jはいつ来るの、と聞かれる始末だ。

　そうして困惑したままひと月が経った。先日、優吾が発情期を迎えて数日休んだ時もJは店に現れた。部屋にこもっていても、優吾のフェロモンが作用するのではないかと気が気ではなかった。

　あの時とは違い、今は抑制剤を飲んでいる。たとえ発情期でも、アルファが理性を飛ばすほどフェロモンが作用することはないというが、二人でまた理性を失ったら、と考えると恐ろしい。

　さりとて、店に来ている客を追い返すわけにもいかない。

　優吾が休んだ日、店を訪れたJはひどく心配していたと、祖母やその場にいた常連客が伝えてくれた。

　身体がだるい時は数日休むが、それが済むと今までと変わりなく元気にしている、と祖母が答えると、ようやく安心したようだ。

　翌日にはJは来なかったが、彼から見舞いの花が届いた。

　求愛する、と言っていたJの意志表示といえば、それくらいだ。いったい彼は何がしたいのかよくわからず、優吾は勝手に振り回されている気分でいた。

（ちゃんと言うべきなんだろうな。あの夜のことは忘れようって）

きちんと時間を作って、彼ともう一度話し合い、もう優吾のことは気にしなくていいと告げるべきだ。

そうしなくては、責任感の強いＪは、いつまでも優吾との過ちに引きずられることになる。きっと以前より仕事も多忙だろうから、Ｊの負担になっているだろう。

彼の迷惑になりたくないのに、このままではよくない。

（そういえば、Ｊはしばらく日本にいるのかな。もう一か月もいるけど）

つらつらとそんなことを考えながら、牛乳にチョコレートシロップを垂らしていると、足にぽふっと何かがしがみついてきた。

見下ろすと、幸多がしかめっ面をしてそっぽを向いたまま、優吾の足に抱きついている。

「……コウも」

拗《す》ねていたけれど、ホットチョコレートの誘惑に勝てなかったらしい。優吾はどうにか笑いを噛み殺した。

「幸多。Ｊと遊ばないって約束してくれる？」

優しく話しかけると、幸多はぎこちなくうなずいた。

「ありがとう」

優吾はホッとする。幸多に諭したことは嘘《うそ》ではない。お客はここでゆっくり飲食をするために来ているのだから、きちんとけじめはつけなければいけない。

しかしそれよりも優吾は、幸多をJに会わせたくなかった。なぜかと聞かれると、上手く答えられない。ただ、怖いのだ。

幸多はJによく似ている。父子であるという事実にJが思い至らないのは、オメガバース症候群を知らないからに過ぎない。

もしもJが事実を知ったら。彼はどうするだろう。

ますます責任を取らなければ、と感じるかもしれない。Jの足枷《あしかせ》になるのは嫌だ。

それに幸多は、ジェレミア・デイヴィスの第一子だ。もし認知されれば、あの恐ろしいほどの富の一部を継承することになるかもしれない。実際にどうなるかはともかく、少なくとも、他人はそう考えるだろう。

Jはデイヴィス家の跡取りと認められた途端、彼を利用しようという人々が群がってきた。Jの兄弟たちも、似たような経験があるはずだ。彼らの何人かが薬物に手を伸ばしたのは、そうしたストレスがあったからではないか。

幸多にそんな苦労をさせたくない。幸多はこの町でご近所や常連さんに可愛がられて、ごく普通の男の子として成長してほしい。

「ユウちゃん」

いつの間にか思い詰めてしまっていたらしい。下から幸多が心配そうに声をかけた。

「コウね、ちゃんとお約束できるよ。もうジェーと遊ばない」

決意を込めた琥珀色の瞳に、胸が痛くなる。優吾は思わずしゃがみこんで、幸多を抱きしめた。

「ありがとう、幸多。嫌な約束させて、ごめんね」

小さな手が優吾の腰にしがみつく。

「コウ、ぜんぜんへーき」

決然とした幼い声に切なくなる。幸多が愛《いと》しい。この子を幸せに健やかに育てたい。Jとのことより自分の感情より、何より幸多が大切だった。

(このままじゃ、だめだ)

このままでは、店に通い続けるJにも迷惑だ。Jとの関係をきちんと清算しなければならない。

けれどどうすればいいのか、優吾はわからずにいた。

その日は朝から慌ただしかった。

前日の夕方から店の水道の調子がおかしくて、仕込みに時間がかかった。自宅の水道も同様だったから、どこか水道管の元のほうが悪いのかもしれない。

どうにか仕込みを終え、店を開く。水道業者に連絡をしたが、馴染《なじ》みの業者は朝から別の依頼が入っていて、来るのは早くても午後になるということだった。

慌ただしくモーニングの時間を終え、少し経つと今度はランチの客がぱらぱらと現れる。モーニングほどではないが、近隣の会社や外回りのサラリーマンなどが、手早い軽食を食べにやってくるのだった。

朝と昼の忙しい時間は、祖母と二人でカウンターを動き回る。ランチがひと段落すると先に優吾が休憩に入り、その後は基本的に閉店まで、優吾が一人で店を切り盛りした。

最近は谷川から仕入れたスイーツが人気で、お茶の時間もそこそこ混むようになったが、今のところはどうにか一人でやっている。

発情期の体調が悪い時には、優吾が休んで祖母が店に立たなくてはならないから、普段はできるだけ祖母に休んでもらうようにしている。

予算的な面もあるけれど、彼女の身体の自由が利くうちは、アルバイトを入れるつもりはなかった。

とはいえ、水道の不具合がある今日のような日は、優吾一人ではなかなか手が回らない。交替で昼の休憩をした後、午後も引き続き祖母が手伝ってくれた。

「早く水道屋さんが来てくれるといいんだけどねえ。明日もこの調子じゃ、カウンターがてんてこ舞いだよ」

祖母が常連客に愚痴をこぼしている時に折よく、水道業者が現れた。祖母が業者に応対し、自宅のほうへと引っ込む。

Ｊが後藤を連れて店に現れたのは、その直後のことだ。

忙しいのか、ここしばらく顔を見せていなかったから、久しぶりだった。

彼はいつも、客の少ない時間にやってくる。今日も客足が途切れたのを見計らったように、顔を出した。

幸多はまだ幼稚園だ。いつもなら帰っている時間だが、今日は水道の不具合でバタバタしているので、延長保育をお願いしたのだった。無理にＪと引き離さずに済んだことにホッとする。

それから自分が、Ｊの来訪を心の底では待ち望んでいたことに気づいた。彼から離れなくてはいけないとわかっているのに、我ながら面倒臭い奴だと思う。

「やあ。今日はなんだか、店の雰囲気が違うね。幸多君がいないせいかな」

空いている席はいくつもあるのだが、たいていはカウンター席に座る。今日もカウンターの端に後藤と揃《そろ》って腰を下ろしながら、Ｊは不思議そうに周りを見回した。

食器もきちんと下げているし、どうにか滞りなく店を回している。この時間に幸多がいないこと以外は特に変わりないはずだが、どことなく忙《せわ》しない空気を感じ取ったのかもしれない。

こういう、わずかな変化を見逃さない勘の鋭さはさすがだなと思う。

優吾は朝から水道が不調だということと、それで幸多は延長保育をお願いしているのだと説明した。

「でもコーヒーを淹《い》れるのに支障はないので、ご安心ください」

言うと、Ｊは嬉しそうに笑顔を浮かべた。

「よかった。ここのコーヒーとスイーツの禁断症状が出ていたんだ」

そんなふうに言われると、これからどうやって関係を断とうかと考えている身としては、心が痛い。

お世辞ではなく、Ｊは『珈琲《コーヒー》みずの』のコーヒーとスイーツを心から楽しんでいるようだった。一緒にスイーツ巡りをした時に見せた、ワクワクした表情をよく浮かべる。

「今日は苺のケーキは売り切れてしまったんです。黒糖とオレンジのムースか、ピスタチオとキャラメルショコラのケーキ、あとベリーフルーツタルトが残ってます。タルトは、中にもベリーとホワイトチョコレートのムースが入っていて、甘酸っぱいです」

「うーん迷うね。ここはタルトも美味《おい》しいんだ」

Jはほくほくしながら隣の後藤に言うが、後藤は控えめに「そうですか」と相槌《あいづち》を打つだけだった。以前の優吾と同じで、後藤もあまり甘い物が得意ではないらしい。何度かJに付き合ってスイーツを頼んだものの、いつも半分はJにあげていた。

「実はお試しで今、ミートパイを置いてるんです。スイーツじゃないですけど。これも美味しいですよ」

谷川がバリエーションの一環として提案してくれたもので、数日前から店に置き始めた。パイ生地はバターの風味が効いてさっくりとしていて、中はひき肉と野菜の旨味《うまみ》がぎゅっと詰まったジューシーで濃厚なパイだ。

優吾が説明すると、後藤はあっさり「それにします」と即決した。

「社長が食べているのを見ると、私も何か食べたくなるのですが。スイーツはあまり得意ではないし、サンドイッチは少し量が多いので」

ちょうどいいものがなかったらしい。優吾が冷蔵庫から取り出したパイをオーブンで温め始めると、Jと同じくワクワクした顔になった。

Jはたっぷり迷ってからタルトを選び、コーヒーはマンデリンを頼む。常連客の一人がつられるようにブレンドコーヒーのお替わりを頼み、優吾がカウンターで忙しく三人分のコーヒーを淹れる間に、祖母が奥から戻ってきた。

「水道管、ダメだって。明日から断水だそうよ。店も自宅も」

祖母は店をぐるりと見回して、優吾だけでなく、店の客に聞かせるように言った。

今、店にいるのはJも含めて常連ばかりだ。水道が不調だということも聞いていたので、説明のつもりなのだろう。

「明日からってことは、明日じゃ終わらないの？」

今は水の出が悪いだけだが、完全に断水となると、店を閉めなければならなくなる。

「少なくとも、明後日《あさって》まで」

明日と明後日営業をやめて、その翌日は定休日だ。三日も店を閉めることになる。

「うちも古いからね。詳しくは工事で見てみないとわからないって言われたけど、下手すると道路近くまで地面に穴開けないといけないらしいよ」

かなり大がかりな工事になるということらしい。その間、店が開けられないのは痛手だ。

優吾が肩を落とすと、「しょうがないよ」と祖母はサバサバした口調で言った。

「むしろ定休日にかかっててよかった。営業できるかどうか、どっちつかずじゃお客様に迷惑だ。もう三連休にしちまいなよ」

「ええー」

と不満な声を上げてはみたものの、祖母の言うとおりだ。当日になってやっぱり営業できません、と言うよりも、今日のうちに三連休の貼《は》り紙をしておいたほうが、お客にもわかりやすい。

「仕方ないよね。こんな時もあるか」

優吾も嘆息しつつ、祖母の案に賛同した。祖母は「はいよ」と返事をして、その場のお客たちに「そういうわけなんで」と説明する。

Jと後藤以外は祖母の代からの馴染みなので、大雑把でざっくばらんな祖母にも慣れたものだ。大変だねえ、とさっそく祖母と話に花を咲かせている。

「店は閉めればいいけど、自宅はトイレも風呂《ふろ》も使えなくなるからね。私は明日から、近所の妹のところに泊めてもらうことにしたよ。あと一人くらいならなんとかなるっていうから、咲子《さきこ》も連れていこうかと思って。明日もパートだろ」

咲子というのは、優吾の母のことだ。水道業者に対応しながら、すでに身を寄せる先を決めてきたらしい。仕事が早い。

「お前たちもどうするか、明日までに決めときな。家にいてもいいけどさ、トイレが使えないのは辛いだろ。どこからか水を汲《く》んでくるのも億劫《おっくう》だし」

二、三日分の生活用水を調達するのは、大がかりだ。まず運搬用の車から手配しなければならないし。

小さな子供がいることを考えると、どこかに泊まったほうがよさそうだ。しかし、幼児連れで突然、友達に泊めてくれと言うのも迷惑だろう。優吾が思案していると、

「近くに泊まるところがなければ、どこかホテルにでも泊まればいい。そうだ、どっか旅行でも行ってきなよ。水道業者の対応なら、ばあちゃんがやっとくから」

「いや、そんなの悪いよ」

話が飛躍するなあ、と笑いながら言うと、「何が悪いんだい」と怒ったように返されてしまった。

「ばあちゃんだって、こないだ旅行の休みもらったんだから、お前が旅行に行ったっていいだろう。幸多は一度も旅行したことないんだし」

祖母が言えば、周りで聞いていた常連も「そうだよねえ」と祖母に賛同する。

先立つものがない、などと言ったら、祖母が「ばあちゃんが出してやる」などと言いそうだ。とりあえず、この場は素直に聞いておいたほうがよさそうだ。

「じゃあ、幸多とどこか遊びに行かせてもらおうかな」

優吾が答えると、話はどうにか収束した。時計を見ると、そろそろ幸多を迎えに行く時間だった。

オーダーはひと段落したので、祖母に店番を代わってもらおうと思ったが、祖母は自分で迎えに行くという。今日は幸多を店に寄らせず、直接自宅に帰らせようと思っていたのだが、Jがいる前では祖母に伝えにくい。

「あたしは年寄りだけど、まだまだ元気だよ。それより、元上司がせっかく来てくださってるんだ。ちゃんとお相手しな」

おまけに、そんなことを言われてしまった。さっさと店を出ていく祖母の背中を見送って、どこまで気づいているのかと考える。

姉の春歌には、幸多の父親だということは気づかれていた。勘のいい祖母だから、優吾のJへの恋愛感情も、わだかまりも、ぜんぶ知られているのかもしれない。

祖母が出かけてしばらくすると、常連客が一人帰り、二人帰り、やがてJと後藤だけになった。

お冷のコップに水を注ぎながら、話をするなら今ではないか、と思う。

あの時のことは綺麗さっぱり忘れたいから、もうここには来ないでほしい。そう言うべきだ。

「タルト、美味しかったよ」

無邪気なほどの笑顔で言うJに微笑みを返しながら、内心でドキドキしていた。これから、拒絶の言葉を言わなくてはならないのだ。

「あの……」

「優吾」

口を開きかけた時、図らずもJが呼びかけたタイミングとかぶってしまった。意気地のない優吾は拒絶を先延ばしにしたくて、どうぞ、と相手に譲る。

「失礼。さっきの話だけど。断水でどこかに泊まるって話」

「え？　ええ」

優吾の頭の中は、すでにJにどう切り出すかでいっぱいだったから、Jが次に何を言い出すのか、少しも想像していなかった。

「我が家に泊まらないか。幸多君も一緒に」

「ええっ？」

「明日から三日間。お祖母《ばあ》さんからは、旅行にでも行ってくればと言われていただろう？　ちょうどいいと思ってね」

「ちょうどいいって……」

彼から離れようと思っていたのに。そもそもJは、ホテル暮らしではないのだろうか。

「実は自宅を購入したんだ。この店からはそう、一時間もかからないかな。森の中の別荘地で、小さな湖以外に何もないが、小旅行にどうかと思ってね」

ここから一時間圏内に、森の別荘地などあっただろうか。Jはなぜわざわざ、日本に自宅を買ったのだろう。アメリカにはしばらく戻らない気なのだろうか。

優吾の戸惑いを見透かすように、Jはニコッと押しの強い微笑みを浮かべた。

「いつか君と、幸多君を招待したいと思っていた。言っただろう？　最初からやり直したいと。まずはお互いに距離を詰めるところからと思ったんだが、なかなか暇ができなくてね。あんなふうに言ったのに、なんのアプローチもせずにすまなかった」

「あの、俺は……」

あなたを忘れたいのだ。Jと離れなくてはならない。だがJは、優吾の言葉を遮って畳みかけた。

「再会したあの日、話をしようと言ったね。私はまだ君に、何も話していない」

じっと、また彼は真っ直《す》ぐに優吾を見据える。力強い視線に、優吾の弱い心は縫い留められてしまいそうだ。必死で視線を外し、彼を見ないようにうつむいた。そうしなければ、彼から離れられない気がした。

「優吾。チャンスをくれないか。君と向かい合って、きちんと話をする時間がほしい。私の気持ちや君の気持ちを話し合うんだ」

Jは真剣なのだ。どうしてそこまで……と思う。その理由も、Jと話せばわかるのだろうか。

優吾はそっと視線を上げて、相手を見た。Jに迷惑をかけないために、幸多の幸せのために、離れなければならない。

しかし、ならば、きちんとJと向き合って話をすべきなのだろう。

Jは何年も前の一夜に責任を感じ、多忙な合間を縫ってここまで来てくれたのだ。半端に逃げるべきではない。

「わかりました」

優吾も決意した。これで最後だ。Jと会うのも、そして幸多が本当の父親と触れ合うことができるのも。

「三日間、お世話になります。よろしくお願いします」

そう言って頭を下げた時、店の外から幸多の楽しそうな笑い声が聞こえた。

その夜、三日間の外泊の支度を慌ただしく終えた。

祖母が幸多を連れて戻ってくると、Ｊはすぐに祖母にも話をし、時間だからと去っていった。

「明日の朝、迎えに来るよ」

Ｊは優吾にそう言ってから、祖母の後ろに隠れるようにしている幸多に微笑み、「またね」と手を振った。遊んではいけない、と言われている幸多は、そっと祖母の陰から手を振る。

予測できない事態とはいえ、幸多には悪いことをしてしまった。遊んではいけないと言ったのに、明日からＪの家に行くと言ったら、混乱するだろう。

そんなふうに気を揉んでいたのだが、明日からＪの家にお泊まりする、と言った途端、ぱあっと顔を輝かせた。

「おとまりするの!?　すごーい！」

「家はお水が使えないからね。幼稚園も休まないといけないけど」

「いいよ！　おとまりするんだもん、しょーがないよ！」

何がしょうがないのかわからないが、とにかくお泊まりに大興奮だ。ずっとはしゃいでいて、仕事から帰ってきた母と姉がびっくりしていた。

そんな母と姉も、Ｊの家に招待されたことを話すと、ぜひと勧めてくれた。

「うちや店のことは気にしないでいいから」

そう言った母の目の奥に、少し心配そうな色があって、やはりＪとの関係を気づかれているのだろうなと思う。

姉には、「後悔しないようにしな」と発破をかけられた。うちの女連中はみんな、鋭い。

Ｊからは、荷物は何もいらないよ、と言われていたので、最低限の着替えだけを詰めることにした。三日だけだし、自宅にお邪魔するのなら特別なものは必要ないだろう。

しかし幸多は、こっちのおもちゃも持っていく、あっちの本も詰めると、お泊まりに大はしゃぎだ。

「あとね、あとね、コウのコップも持ってく。あれないと、ミルクのめない！」

あれを忘れたら一大事だ、という口調で言う。

「コップは向こうにもあるよ。それよりおもちゃを減らさないと。ぜんぶは持っていかれないよ。リュックに入るぶんだけな」

「じゃあね。これはユウちゃんのバッグにいれて」

放っておくと、おもちゃと本をぜんぶ持っていくことになる。たしなめたが、幸多はめげず、一番大きいぬいぐるみを優吾の鞄《かばん》に詰めようとした。

「初めてのお泊まりだもん。しょうがないわよ」

優吾が呆《あき》れていると、母は笑った。あんたの小さい時もこんなだったわよ、と言われる。自分の初めてがどんなふうだったか覚えていないが、幸多は今回が初めての旅行なのだった。

動物園や遊園地に連れていったことはあるが、旅行はまだない。そんな余裕もなかった。

「ようちえん行ったらね、せりちゃんにおとまりのお話するんだ。せりちゃんね、こないだ、おばあちゃんのうちに行ったんだって」

同じ幼稚園に通う従姉《いとこ》の娘、芹奈の話だ。この前の連休中、夫である谷川の祖母の田舎に行ったというから、幼稚園でその話を聞かされたのだろう。内心では羨《うらや》ましく思っていたのかもしれない。

発情期を抱えているせいか日々の生活に精いっぱいで、どこにも連れていってやれないことに、優吾は罪悪感を覚えた。

とはいえ、こんなところで落ち込んでもいられない。これからいよいよ、Jと決別しなければならないのだ。

幸多が持っていくおもちゃを選んでいる間、優吾は手早く荷物をまとめた。着替えとそれから、オメガの発情期の抑制剤。まだ時期には早いが、用心に越したことはない。

幸多は寝る時間ギリギリまでおもちゃを選び、布団に入ってからもしばらくは興奮で眠れない様子だった。一時間もすると、寝息を立て始めたが。

優吾も少なからず落ち着かない夜を過ごした。Jと話し合わなければならない。

Jは最初からやり直したいと言う。優吾の愛を乞いたいのだと。けれど優吾は、Jにそこまでさせるつもりはなかった。

彼は彼の人生を歩んでほしい。そうでなくてもずっと、その生い立ちに翻弄《ほんろう》され続けていたのだから。

そういう優吾の気持ちも含めて、きちんと伝えなければならない。しかし、果たしてあの、穏やかだけれど押しの強い男を相手に、上手く伝えられるだろうか。

不安と、そしてJにまた間近で会えるという真逆の興奮に、優吾は長いこと眠れなかった。

翌朝、予定の時間ぴったりに後藤が迎えに来た。Jは自宅にいて、優吾と幸多を迎える準備をしているのだという。

「あの、お仕事は大丈夫なんでしょうか」

まさか、優吾たちに合わせて三日も仕事を休むことはないだろうが、Ｊばかりか秘書である後藤の時間を奪ってしまったことも申し訳なく思う。

優吾が言うと、後藤はにっこりと優しい笑みを向けた。

「何も問題ありませんよ。Ｊも以前と違って、仕事に忙殺されているわけではありませんから」

再会してからもじゅうぶん忙しそうに見えたが、優吾たちに気を遣っているのかもしれない。

しかし、そんなふうにＪたちに恐縮していたのは、最初だけだった。それよりもびっくりする出来事がすぐ、優吾たちの前に現れた。

後藤は、黒塗りのリムジンで自宅まで迎えに来た。下町の庶民の家に乗りつけるには、いささか豪華で場違いと思えるが、Ｊのすることだ。ここまでは優吾も予想していた。

「くるま、すごいね。大きいね」

幸多はたいそう喜んでいて、それだけでもよかったなと思えた。

高速道路に乗ったリムジンが向かったのは、およそ森があるとは思えない湾岸地域だ。

やがて貿易用の倉庫などが建ち並ぶ、殺風景な埋め立て地に辿り着いた。

フェンスを越えたその先にあったのは、だだっ広いアスファルトの広場だった。その脇《わき》に、何台ものヘリコプターが並んでいた。

「フ……コプタッ！」

まさか、と優吾が驚く隣で、幸多が興奮したように叫ぶ。「ヘリコプター」という言葉が出てこなかったのだろう。

眼をキラキラさせて窓を覗き込む幸多に、後藤がにっこり笑って、まるで手品のようにすっとヘリコプターのおもちゃを差し出した。

幸多がすぐに手を出そうとするので、慌てて止める。後藤は「どうぞ、幸多君に差し上げます」と微笑んだ。

「これからヘリで移動します。もしかしたら、幸多君が怖がるかもしれませんので」

気を紛らわすためのおもちゃだという。それを聞いた幸多はキッと顔を上げ、

「コウね、こわくないよ」

と主張した。後藤は意外なことを言われたというように、眉《まゆ》を大きく引き上げてみせた。

「でも、ヘリコプターはとても高くまで上がるんです。大人の私たちはなんともありませんが、幸多君は小さいですから。怖くて泣いてしまうんじゃないですかねえ」

「なかないもん。ぜったいなかないもん」

幸多の負けず嫌いに火がついたようだ。もらったおもちゃのヘリコプターを、仇《かたき》のよう

に睨《にら》みつける。後藤はそれを見て、楽しそうに笑った。

リムジンを降りるとすぐそこに、大型のヘリコプターが待機していた。操縦士らしい男性と、ラフな格好をした若い女性がいる。五人でヘリに乗り込み、女性が人当たりのよい柔らかな口調と笑顔で、シートベルトの装着法や、ヘッドホンの着け方を教えてくれた。

「幸多君の年だったら、一人でシートに乗れるんだけど。怖かったら、お父さんのお膝の上でもいいよ」

お姉さんが優しく言うと、幸多は再びキッとして「ひとりでへーき！」と宣言した。後藤と女性が「どうします？」と優吾に目顔で尋ねるので、幸多の意見を尊重させることにする。

しかし優吾自身、今の状況にまだ驚いていた。

「これから二十五分ほどで、目的地に到着します」

エンジンがかかると、プロペラが回る轟音《ごうおん》が響く。ヘッドホンから、操縦士の声が聞こえた。

Jが、優吾の自宅から一時間ほどだと言っていた。あれはヘリでということだったのだ。

優吾もヘリに乗るのは初めてで、ちょっと怖い。幸多は大丈夫だろうか、とちらりと横目で見たが、案に反して轟音にも怯えず、好奇心いっぱいで窓の外を眺めていた。

機体が離陸し、みるみる眼下が小さくなっていっても、幸多は怖がらない。轟音の中で歓声を上げてはしゃいでいた。

（なかなか大物だなあ）

怖い、と泣かれることを想像していたので、少しホッとする。こういう豪胆なところはJに似たのだろうかと考え、慌てて打ち消した。

もう、あの人とは関係がないのだ。幸多にも、Jと遊ぶのは今回が最後だと言ってある。

ビルと住宅ばかりだった窓の景色が、やがて田畑や緑に変わった。さらに緑深い山々を越える。

およそ人の住む気配がない緑が続いた後、ヘリが高度を落とし始めた。深い森の中に、洋風の邸宅が見えた。

空からでも、かなり大きな屋敷だとわかる。屋敷の奥には青々とした芝生の庭が広がっていて、ぽつぽつと鮮やかな色が散っているのは、庭の花だろうか。

芝生の庭とは別の屋敷の側面にヘリポートがあって、ヘリはそこへ着陸した。

「すごい！　ユウちゃん、お城だよ！」

ヘリから降りるなり、幸多が目の前の邸宅を見上げて叫んだ。確かにこれは、お城と言えなくもない。

外側から見るに建物は、重要文化財の旧侯爵邸といった、明治や大正年間の洋館のような古めかしい様式だった。かといって物々しい雰囲気はなく、壁材などは真新しく清々《すがすが》しい。新装オープンの山のホテルといった様子だろうか。

Jも、家を新しく建てたと言っていた。これだけの邸宅を、山林の中に一から作ったのだとしたらすごい。

（やっぱり、桁違《けたちが》いのお金持ちなんだなあ）

鞄を持って幸多を追いかけながら、改めて優吾自身とJとの差を思う。

後藤が優吾の鞄を持とうとするので、優吾は慌てて固辞した。そういえば、後藤はJの秘書だというが、アメリカにいた頃からのスタッフなのだろうか。

かつての自分と同じ立場のはずなのに、後藤のほうが落ち着いていて、プライベートに関《かか》わる仕事も任されている。後藤と優吾では年齢が違うといえばそれまでだが、中途半端に辞めてしまった自分は、Jの秘書には向いていなかったのかもしれない、と今さらに消沈するのだった。

「優吾さん、こちらです」

「ユウちゃん、はやく」

表玄関へ促され、優吾は足を速めた。沈んでいても仕方がない。大切なのは今とこれからだ。

ヘリポートのある洋館の側面から、表へと回ったところで、屋敷の玄関先にJが迎えに出ていた。

「やあ、優吾。幸多君。よく来てくれた」

Jはなぜか、ブラックスーツを着ていた。光沢のあるシルバータイをして、かなりフォーマルな服装だ。しかし、この洋館の雰囲気にはよく似合っている。

後藤はいつものスーツ姿だ。優吾も幸多もまったくのカジュアルなので、もしやドレスコードがあったのかと青ざめた。

「お招きありがとうございます。すみません、こんな格好で来てしまって」

優吾が言うと、Jは自分の服を見下ろして「ああ、これ」と合点がいったように笑った。

「普段着でまったく問題ないよ。これは大切な人たちを迎えるから、きちんとしないとと思ってね。ヘリの乗り心地は大丈夫だったかな」

「すごい音だった！」

答えたのは、優吾の足元にいる幸多だった。興奮したように言ってから、ハッと何かを思い出し、優吾をちらっと窺《うかが》う。Jと勝手に話して優吾に怒られないか、心配しているのだろう。

そんな息子の気遣いに胸の痛みを覚えながら、構わないよと微笑み、うなずいた。幸多はパッとJを振り返る。

「すごく高くて、すごくたのしかった！」

幸多の興奮した様子に、Jもにっこり笑顔になる。優吾はポン、と幸多のリュックを軽く叩いて促した。

「幸多、ご挨拶《あいさつ》は？」

「あっ。えっと、おねまきありがとうございます。おせぁになります」

言ってぺこっと頭を下げる。昨日練習したのだけど、ちょっと惜しかった。Jと後藤からフフッと笑いが漏れる。

「来てくれてありがとう。自分の家だと思って、遠慮せずにゆっくりしていってくれ。……幸多君」

言うなり、Jは幸多の前でしゃがみこんだ。幸多は喜色の色を浮かべる。いつも、肩車をしてくれる時のポーズなのだ。

「いや、だめですよ。スーツが汚れちゃう」

優吾が止めたが、「肩車くらいで汚れないよ」とJは鷹揚《おうよう》だ。「おいで」と手を広げるJと優吾の間で幸多がソワソワ大人たちの顔を窺っていて、優吾は仕方なく幸多に「いい

よ」とうなずいた。

「じぇー!」

本当はずっと、Jと遊びたかったのだろう。優吾が許可するなり、一目散にJに駆け寄った。ぽすっと飛び込んできた幸多を、Jの広い胸が受け止める。

そうしていると、二人は本当によく似ている。親子であることを、優吾は実感する。

Jが幸多を肩に乗せて立ち上がると、幸多はきゃあっと歓声を上げた。優吾は急いで駆け寄り、幸多の靴を脱がせる。

「そうしていると、幸多君のパパとママのようですねえ」

少し離れた場所にいた後藤が唐突にそんなことを言ったので、ギクリとして振り返る。後藤はいつものように、穏やかな笑みを浮かべていた。

後藤の発言に他意はないのだろう。あるはずがない。しかし、それが真実であることを知る優吾にとっては、気が気ではなかった。

「それじゃあ……俺が、ママですか」

ははは、と笑ってみせたのだが、我ながらぎこちなかったと思う。ドキドキと不穏に脈が速くなる。その時、Jが不意に幸多へ尋ねた。

「幸多君、優吾と私の肩車、どっちが高い?」

「じぇーだよ！　じぇーのほうがいっぱい高い！」

　幸多が元気よく答える。Ｊは嬉しそうにうなずいた。

「じゃあ、私がパパだな。ここでは、肩車の高いほうがパパになれるんだ」

　優吾に向かって、得意そうに宣言する。子供みたいな屈託のない表情に、優吾は助け船を出してもらったようで思わずホッとした。

「背の高さじゃ、Ｊには勝てませんね」

「じゃあ、ユウちゃんはママね！」

　優吾が仕方なさそうに肩をすくめると、幸多もいたずらを思いついたように決めつける。

　今度はちゃんと笑うことができた。

「では、中へどうぞ」

　Ｊが幸多を連れて、屋敷の中へといざなう。

　ここで、今度こそＪと決別しなければならない。楽しそうなＪと幸多……父と子の姿を見てくじけそうになる自分を、優吾は叱咤《しった》した。

洋館の中はやはり広く、そして想像以上に手が込んでいた。

中に入ってすぐに大きな玄関ホールがあり、奥には優雅なカーブを描いた階段が二階へと続いている。玄関でパーティーが開けそうな広さだった。

「おうちなのに、くっく脱がないの？」

靴を脱がずに家の奥へ進むJに、幸多が不思議そうに首を傾《かし》げる。

「そうなんだ。ここでは脱がなくてもいいんだ。幸多君ちの喫茶店でも、靴を履いたまま入るだろ？　あれと一緒」

「ふうん」

幸多はわかったような、よくわからないような返事をする。玄関先で必ず靴を脱ぐのはアジア圏の文化、なんて説明はまだ通じないだろうから、なんとなくでいいのだろう。

Jは玄関ホールから真っ直ぐ二階へ向かった。二階の廊下だけでも優吾の家がすっぽり入ってしまいそうな、贅沢《ぜいたく》な造りだ。

内装もやはり、一見すると古めかしい洋館のようだが、実際はよく計算された最新式の造りらしい。採光もよく、全体が明るかった。

たっぷりと空間が取られた広間のような廊下を抜けると、もう一つ螺旋《らせん》階段の階段ホールがある。ダイニングなど一階の居住空間には、こちらのほうが近いらしい。あとで案内すると言われたが、広すぎて迷ってしまいそうだ。

さらにその階段ホールを通り過ぎた奥に、優吾たちの寝室があった。

「奥が幸多君の部屋。その隣が優吾の部屋。いちおう分けてみたんだけど。どっちから先に見る？」

「コウの部屋があるの？　コウの部屋からみる！」

幸多にとっては、ここまでの道のりが遊園地のアトラクションのように感じられたのかもしれない。Ｊの肩の上ではしゃいだように飛び跳ねるので、優吾が慌ててたしなめた。

「幸多。そろそろ下りなさい」

「や」

「私なら大丈夫だよ。幸多君はまだ軽いからな」

Ｊが笑いながら言い、幸多は絶対にまだ下りないぞ、というようにＪの首にしがみついて優吾を見る。

「さあ、こっちが君の部屋だ。見てごらん」

しかし、Ｊがそう言って幸多の部屋のドアを開いた途端、幸多は「わあ」と我を忘れてため息のような声を上げた。

優吾も思わず息を呑んだ。中は壁から天井までブルーに塗られていた。ただの青ではなく、部屋の奥へ行くほど色が濃くなっている。

部屋の手前は鮮やかな海のブルーだ。壁に色とりどりの魚のキャラクターや、サンゴなどが子供に親しみやすいタッチで描かれている。

中央に子供用の小さな滑り台、ハンモックなどが置かれ、遊び場となっていた。そればかりか、部屋の一角には積み木やブロックの詰まったおもちゃ箱が置かれ、壁には子供でも手が届く作りつけの本棚があり、たくさんの絵本が並ぶ。

「すごーい。すごーい」

幸多はほうっとため息をつき、それから我慢しきれなくなったようで、よじよじとJの肩から下りた。

部屋には、魚のついた子供用のルームシューズが用意されているといった念の入れようだった。

「奥にベッドを用意したけど。いつもは優吾と寝てるんだっけ。寂しかったら、ベッドの脇のドアから優吾の部屋にすぐ行けるよ」

奥へ行くほど次第に色が濃くなる壁面の青は、海の青から夜の青に変わり、ベッドの天井は満天の星空になっていた。

「さみしくないっ。コウ、ここでねる！」

たっぷりした大きなベッドには、寂しくないようにという配慮か、ぬいぐるみがいくつも置かれていた。しかも、幸多が好きな子供番組のキャラクターまでいる。いつの間にリサーチしたのだろう。

「じぇー、ここのおもちゃで遊んでもいい？」

「もちろん。幸多君の部屋だからね」

気前のいい言葉に、幸多はきゃあっと歓声を上げておもちゃ箱へと駆けていった。

「J……まさかこれは、ぜんぶ幸多のために？」

遊び心たっぷりの子供部屋に優吾も一瞬、見入ってしまったが、二人の会話に我に返った。

「もちろん。他に小さい子の知り合いはいないからね」

Jはこともなげに言う。優吾は青ざめた。たった三日間のために、ここまでするはずがない。Jは今後も優吾たちと交流を持つつもりだ。何度も訪れるであろう幸多のために、整えられた部屋なのだ。

もうこれきりのつもりだと、ますます言いづらくなった。

「ただの私の道楽だ。気にしなくていい。ここを用意するのが一番楽しかったよ。子供部屋っていうのは、いくつになってもいいものだね」

Ｊは言い、続いて優吾の部屋へ案内してくれた。そちらはさすがに遊び心はないが、やはり優吾のために誂《あつら》えられたものだとわかった。

無垢《むく》材と白い壁のシンプルで落ち着いた内装は優吾の好みだったし、窓辺に据えられたラタンチェアは昔、優吾がほしいと言っていたものだ。

もし自分の趣味で部屋を持つとしたら、窓辺にラタンチェアを置いて、そこで読書をしてみたいと、そんなふうにＪに話したことがある。

それからベッドのある壁に掛けられた、小さな絵画。桜画廊で扱っていた、優吾が好きな画家の絵だ。本物だとすれば、目玉の飛び出るような値段がついていたはずだが。

「君の好みに合わせたつもりだが、気に入らなければ遠慮なく言ってくれ。ここは君の部屋だから」

「Ｊ……」

今後、もうここに来ることはないのだとは言えず、途方に暮れた。そんな優吾の態度を、Ｊはどう思ったのか。

「まだまだ、他にもお楽しみがあるんだ。ここにいる間、退屈はさせないつもりだよ」

優吾のためらいなど気づいていないかのように、Ｊは快活に言って、踵《きびす》を返す。

部屋に荷物を置くと、Ｊは屋敷中を案内してくれた。

「すごーい、お城みたい」

幸多がそう言ってはしゃぐのもうなずけるほど、屋敷は広く様々な設備があった。

Jの寝室の他に、使われていない客間が何室もあった。暖炉もある広いリビングは寒々しさを与えない、居心地のいい造りになっていたし、食堂は大小二つもあった。大人数の客を招く時と、普段使いだという。

Jの書斎や図書室、それぞれの寝室にはトイレとバスルームがあったが、それとは別に温泉を引き込んだという大きな浴場と、地下には室内プールまである。

木立に囲まれて屋敷の中からは見えないが、敷地の中に自然の湖があり、ちょっとした水遊びもできるのだそうだ。

桁違いの資産家なのは知っていたし、秘書をしていた頃もその片鱗《へんりん》は見ていたが、実際に映画でしか見たことがないような豪邸を目の当たりにすると、本当に遠い世界の人なのだなとため息が出てしまう。

しかし、子供の幸多は屈託がなかった。

遊園地のアトラクションのように思っているのかもしれない。探検でもするように、歩きながら天井や床をキョロキョロと興味深そうに眺め、凝った壁の飾りに恐る恐る触れたりしていた。

「ねえねえ、じぇー、こっちは？　こっちは何があるの？」

一通り内部を巡った後、一階の廊下の端にドアがあるのが見えたが、Ｊは何も言わずに通り過ぎた。他のドアの前ではそういうことがなかったから、幸多がすかさず声を上げた。

「こら、幸多」

いくら過剰なもてなしをしてくれているとはいえ、他人の家だ。案内されていない部屋に入ろうとしてはいけない。ということを、幼い我が子に言い聞かせたいのだが、さてどう言ったものか。

たしなめられてキョトンとする幸多に、かける言葉を探していると、Ｊが「これは開かずの間」といたずらっぽく言った。

「あかず？」

「誰も入れない部屋のことを、開かずの間って言うんだ。開かずの扉、とかね。この部屋に入るとお化けが出る」

「おばけ」

それまではしゃいでいた幸多の顔がさーっと強張《こわば》った。幸多はお化けが苦手だ。お化け屋敷も怖がって、優吾にしがみついて顔を上げない。

「おばけ、やだ」

案の定、幸多はテテッと扉から遠のくと、優吾の足にセミみたいにしがみついた。

「おばけやだー」

たちまちベソをかく幸多に、優吾はやれやれと呆れたが、Jにとっては予想外の反応だったようだ。

「すまない。怖がらせてしまったな。お化けは嘘だよ。驚かせようと思ったんだ。子供は モンスターやお化けと聞いたら、面白がるんじゃないかと」

子供を泣かしてしまったことに、珍しくオロオロしている。いつも堂々としていて冷静な彼らしくなくて、優吾は思わず笑ってしまった。

「いえ、気にしないでください。幸多が怖がりなんですよ。ほら、お化けは嘘だって」

「おばけ、いない？」

涙の溜《た》まった目で、恐る恐るJを振り仰ぐ。Jはそんな幸多にわずかに目を見開き、それから満面の笑顔になった。

「お化けなんかいないよ」

おいで、とJが腕を広げると、幸多は優吾の足から離れてぽすっとJの胸にしがみついた。Jは幸多の小さな身体を抱き上げる。

Jの表情が慈しみに溢れていて、なんて愛しそうに抱くのだろうと優吾は驚いた。親の欲目を抜きにしても幸多は可愛いと思うけれど、Jの表情は愛玩《あいがん》のそれではなく、まるで我が子を抱くような愛情深い目をしている。

「脅かして悪かった。我が家にはお化けはいないんだよ。あの部屋は、秘密の部屋なんだ」

幸多はまだ怖がって、Jの胸から顔を上げようとしない。そんな幸多の背中を、Jはポンポンと叩いてあやしながら、優しく言った。

「ひみつなの？」

「今はまだ、ね。でも、そのうち案内するよ。君たちに見せたいものがあるから」

君たち、と言いながら、Jは優吾を見た。謎《なぞ》めいた言葉に、扉の向こうに何があるのか、優吾もにわかに気になり始めてしまった。

「家の中の探検はこれで終わり。そろそろお昼の時間だが、お腹は空《す》かないかい？」

Jが突然、話題を変えるように言った。腕の時計を見ると、いつの間にか昼になっている。邸宅の広さと豪華さに驚いていて、時間が経つのを忘れてしまった。

「おなかすいた！」

幸多が叫ぶ。今の今までベソをかいていたくせに、食いしん坊だ。Jはにっこりした。

「よし。じゃあ食堂に行こう。我が家で初めてのお客さんだから、シェフが張り切ってるんだ」

幸多を抱えたまま、Ｊが食堂へ向かう。優吾もそれに続いたが、秘密の部屋の前を通り過ぎた時、扉の隙間から漏れ出る何かの匂いを嗅《か》いだ気がした。

どこかで嗅いだ覚えのある匂いの気がしたが、ほんの一瞬、かすかな匂いだったのでわからない。

「ユウちゃん、はやくー」

「うん」

Ｊの腕の中から幸多が急かし、優吾はすぐにその匂いのことを忘れた。


お抱えの料理人が作ったというランチは、本当に美味しかった。

サンドイッチやスープといった普通のメニューだが、彩りが鮮やかで見た目に美しく、丁寧でさりげなく手がかかっている。

幸多にはくまさんのプレートに料理を盛りつけたお子様ランチが用意され、これまた大はしゃぎだった。

「コウ、ずーっとここにいたい」

いつもよりやや量が多めなランチをぺろっと平らげて、幸多が言う。優吾は表面で笑いながらも、内心ではひやりとしていた。

もうこれきり会わないと言うつもりで来たのに、そんなことは言えない雰囲気になっている。

まだ一日目だが、このまま素知らぬ顔でもてなしを受けて、去り際にもう会いません、と言うのは卑怯《ひきょう》な気がした。

だからといって、この楽しい空気を今すぐ壊すのも気が引ける。どうしたものかと悩む優吾をよそに、幸多は贅沢な時間を満喫していた。

昼食を食べ終えると、Jは普段着に着替え、三人で森の中を散策した。それから池まで出て、ボートを漕《こ》いだ。Jは池と言ったが、小さな湖といえる大きさだった。

岸辺にはモーターボートと手漕ぎボートがあって、どちらも新品のようだった。幸多が手漕ぎボートに乗りたいと言うので、三人で乗って交互にオールを漕いだ。

クタクタになるまで遊んで邸宅に戻ると、夕食ができていた。

夕食はさらに豪華だった。しかし、堅苦しさを感じさせないようにという、主に優吾に対しての配慮だろう、食材もメニューも豪華なわりに、テーブルの上はカジュアルな雰囲気になっていた。

Jもラフな服装のまま、コース形式ではなく、テーブルに載った料理を好きなだけ取り分けるスタイルだ。

普段使いだという小さな食堂に、三人とそれから後藤も加わって楽しく食事をした。

普段の生活とは比べものにならないくらい贅沢なのに、不思議と緊張せずにくつろいでいられる。

料理人や給仕をしてくれるスタッフたちのもてなしがさりげなく、隅々まで行き届いているからだろう。

しかし食事を終える頃には、幸多は遊び疲れで船を漕ぎ始めていた。

なんとか食事を終えるまで起きていられたのは、料理をぜんぶ食べたかったからだろう。

デザートまで美味しくて、優吾もついつい食べすぎてしまったくらいだ。

優吾が幸多を連れて子供部屋に下がろうとすると、後藤が先に立って幸多を抱き上げた。

「私が連れていきましょう」

「でも」

後藤はJの秘書だ。こんなプライベートにまで付き合わせるのも申し訳ないのに、子供の世話までさせるのは忍びない。しかし後藤は、いいんですよと笑った。

「幸多君を寝かしつけたら、そのまま下がらせていただきます。年寄りは夜が早いのでね。あとはお若い方たちで」

茶目っ気のあるウインクを一つした。

「後藤はもともとは父の秘書だったんだ。父に言われて、私の家に出入りしていた。私も子供の頃によく遊んでもらったから、子供の扱いは慣れているよ」

「こうやって食堂で寝てしまったJをベッドまで運んだことも、一度や二度ではないですね。そういうわけですから、優吾さんもここにいる間は、ゆっくりしてください」

幸多も眠気が限界に来ていたのか、後藤に抱かれた途端、コテンと後藤の胸に頭を預けて眠ってしまった。

「それではすみませんが、よろしくお願いします」

幸多を後藤に託し、優吾はもう少し贅沢な一日を楽しむことにした。

「少し飲まないか」

Jに誘われてうなずく。きちんと話すちょうどいい機会だと思った。今後のことは、幸多がいると話せない。

Jは、優吾を連れて二階へ上がった。Jと優吾の寝室に挟まれた真ん中の部屋へ入る。中は黒檀《こくたん》の床と間接照明の落ち着いた居室で、バーカウンターが付いていた。優吾を窓辺のソファに座らせると、Jがカウンターに立つ。

「何か作ろう。たいていの酒は揃ってる。何か飲みたいものはあるか?」

Jが自ら酒を入れてくれると言う。優吾は酒に詳しくないから、任せることにした。

「カクテルでいいか? 味の好みはあるかな」

「はい。あ、アルコールは軽めで、甘いのがいいです」

優吾の注文に、Jは「了解」と、シャツの袖をめくった。ほんの数分で、手早く二人分のカクテルを作る。

優吾の前に置かれたのは、コリンズグラスに入れられた薄青色の美しいカクテルだった。

「君にはチャイナブルー。私はカルアミルクだ」

Jは相変わらず甘党なのだ。カルアミルクの入ったグラスを気取って掲げ、「乾杯」と言うのがおかしい。優吾が笑うと、「似合わない?」とJも笑った。

「いえ、相変わらず甘党だなって思って」

先ほどの夕食の時も、幸多と同じくらいデザートに喜んでいて、フランボワーズのムースとチョコレートのアイスクリームをそれは美味しそうに食べていた。

「君は変わったたね。以前は辛党だったのに、甘い物を美味しそうに食べるようになった」

何気ない言葉だったが、優吾はぎくりとしてしまう。体質が変わったのは、幸多が生まれてからだ。

「病気をしてから、不思議と好みが変わったんです」

なんの病気か尋ねられたら答えようと病名も用意してきたのだが、Ｊは病気については触れてこなかった。

「明日は何をしようか。また森の散策だと、幸多君が飽きるかな。プールで遊ぶか」

優吾がカクテルを飲みながら質問に備えていると、Ｊは話題を変えた。

いつも彼は、優吾の居心地の悪い思いを敏感に察して、助け船を出してくれる。ここに来た時、後藤に「パパとママのよう」と言われた時も、さりげなくフォローをしてくれた。昔からそうだ。Ｊは優しく思いやりに溢れている。優しいこの人を、これ以上振り回したくない。

「あの……」

「緊張しているな、君は」

意を決して口を開いたのに、それを遮るようにJが言った。

「子供部屋や君の寝室が、いささか重荷に感じたかな」

そのとおりだったから、優吾は口ごもった。Ｊはそんな優吾の胸の内を見透かすように、向かいのソファから見つめた。

「そうだろう。私と会うのはこれきりにしようと思っているのに、専用の部屋まで作られてはね」

「J……」

自嘲《じちょう》するような声音に、思わず目を見開いた。Jはそんな優吾に、いささか皮肉っぽく微笑む。

「気づいていたよ。ここに来てからではなく、店にいた時からね。幸多君がはしゃぐたびに、君が苦しそうな顔をするから」

優吾の葛藤を知っていた。それなのに、ここに誘ったのだ。

「私のことが嫌いか？　私の求愛が鬱陶《うっとう》しい？」

直截《ちょくさい》な質問に、思わず首を横に振った。嫌いなはずがない。愛を乞われることだって嬉しい。たとえ義務感からの求愛だったとしても。

Jはしかし、かえって悲しそうな顔をした。

「では、なぜ？　求愛も許されないほど私を拒む理由を教えてくれ」

優吾はグラスを置き、ぎゅっと膝の上で拳《こぶし》を握り込んだ。

「もう、じゅうぶんだからです」

Jが「じゅうぶん？」と怪訝《けげん》な顔をする。優吾は今度こそ思いを口にした。

「あの一晩のために、俺たちにここまでしていただいて。前にも言ったとおり、俺はあの夜のことを後悔していません。いい思い出だったんです。だからもう、あなたは責任なんか感じなくていい。あの夜の出来事に振り回されてほしくない。これからはあなた自身の人生を――」

「ちょっと待ってくれ。責任？」

Ｊが不意に焦った様子で優吾の言葉を制した。

「責任だって？　まさか私が義務感から、君に求愛していると思っている？」

優吾はおずおずとうなずいた。Ｊはすぐさま、馬鹿馬鹿しい、というように宙を仰ぐ。それからため息をついた。

「まさか、通じてなかったとは思わなかったな」

ひどく落胆した様子で、Ｊもグラスを置く。言葉を探すように、足を組み替えて視線を彷徨《さまよ》わせた。

「さて、どこから誤解を解くべきかな」

「誤解……」

「あの夜のことでただ責任を感じているだけなら、こんなまだるっこしいことはしない。君の望むだけの金を払う。あるいは金よりコネが必要ならそれでもいい。だがそれで終わりだ。君と会うことすらしないさ。そう思わないか？」

「でも、あなたは優しい人だから……」

優吾の言葉に、Ｊはクスッと皮肉っぽく笑った。

「それは買いかぶりだな。私はキリストじゃない。優しく誠実でありたいと思うのは、限られた相手の前だけだ」

Ｊの言葉には説得力があったし、確かに義務感だけでここまでする人間はいないのかもしれない。でも、優吾はすぐには現実を受け止め切れなかった。

彼ほどの人間が、自分のような凡庸な男を愛してくれるなんて信じられなかったし、愛情があったとしても、それがいつからなのか、気づかなかった。

「私が信じられないか？」

「あなたがというか……でも、そうですね。だってあなたと俺では、住む世界が違いすぎる。かつてはあなたの秘書でしたが、今はただの喫茶店のマスターです。それも雇われマスターだし。あなたはアメリカで地位があるし、いずれは帰らなくてはいけないでしょう」

「アメリカには帰らないよ。アメリカでの仕事は辞めたんだ」

さらりと言われて、「えっ」と聞き返した。その反応を、Ｊは肘掛《ひじか》けに肘をついて面白そうに眺める。

それから、「この三日間で、そのこともきちんと説明しようと思っていたんだが」と前置きをした。

「正しくは、経営から退いた。無責任に放り出すわけにはいかないから、相応《ふさわ》しい人材を探したり、根回しをするのに時間がかかったけどね」

優吾は愕然《がくぜん》とした。Jは後継者として、父フランク・デイヴィスから様々なものを受け継いだ。言葉で言うほど簡単ではなかったはずだ。

「優吾がそんな顔をする必要はない。君と出会わなくても、いずれはそうしていた。父が亡くなったら、すべて手放してやろうと思っていたんだ。そして日本に定住して、日本人になって、一介の画家に戻る。それが昔からの……父に後継者にされてからの目論見《もくろみ》だった。想定以上に重いものを背負わされたんで、何年も時間がかかってしまったが」

日本画をやめて商業的に成功する『アーティスト』になったJだが、徐々に実業家として名前が出始めると、それに反比例するように創作活動は下火になった。

父の死の前後からはデイヴィス家の事業が忙しくなり、創作活動を完全に中止していると聞いている。

「父の……フランクの失敗は、自分が築いたものすべてを自らの血統に受け継がせようとしたことだ。本当は自分自身が抱え込んだままでいたかったんだろうが、永遠に死なない人間なんていない」

そこで自分の子供たちを自分に見立て、すべてを受け継がせようとした。フランクの正妻の子供たちは、一生かかっても使いきれない資産に囲まれ、贅沢を覚え、そしてその贅沢と引き換えに父から自由を奪われ抑圧され続けた。

「息子たちが薬物に溺《おぼ》れたのもその結果だ。私は金のために大切な人たちを不幸にしたくない。資産を残すために自分の子供を作るつもりもない」

皮肉気な声音で「子供を作るつもりはない」と言われ、ぎくりとした。

「もう大切な人たちに、不自由な思いをさせたくないんだ。だからデイヴィス家のしがらみを捨てるために、デイヴィス家の経営から退いた。反発もあったが、九割がたは片付いた。まだ少しバタバタしているが、もうじき桜画廊の経営と画家としての活動に専念できる。だから君に会いに来たんだ」

そんなことになっていたなんて知らなかった。呆然としていると、Ｊはつとソファから立ち上がり、優吾の前にひざまずいた。

優吾の手を取り、手の甲に口づけする。

「Ｊ！」

「君を愛している」

強い視線に射抜かれて、言葉を失った。では本気で、本当に自分を愛しているというのか。美貌も財産も才能もすべてを持っているこの男が。

何も言えずに固まっていると、Jはふと視線を和らげて困ったように微笑んだ。

「戸惑っている顔だな。だがこれだけは知っておいてほしい。義務で求愛なんかしない。私が君を追いかけるのは、君を愛しているからだ。他に理由はない」

優吾に触れていた手に力がこもる。Jはもう一度、優吾の手にキスをした。

「これっきりになんかしない。どこまでも君を追いかけるよ。だが今日はここまでだ。いっぺんに何もかも進めようとすると、君は逃げてしまうだろうから。今夜はただ、私が真剣に君を愛していることを知っておいてほしい」

Jは言うと、立ち上がった。

「今夜はもう眠ることにするよ。これ以上、君と二人きりでいると、もっと触れたくなってしまう」

冗談めかして言ったが、その琥珀色の瞳の奥には情欲の炎が揺らめいていて、優吾は自分が甘く震えるのを感じた。

カクテル一杯でお開きになり、優吾は幸多の子供部屋に行った。お伽噺《とぎばなし》のような部屋の中で、幸多はすやすやと眠っている。

息子の寝顔を確認して自分の寝室に戻ったが、Jの恐ろしいほど真剣な求愛を思い出し、なかなか寝つけなかった。


翌朝目を覚ますと、身体が少しだるかった。発情期の前のような倦怠感だ。まだその時期ではないはずなのに。

自宅ではなく緊張したのと、昨日寝つけなかったせいだと言い聞かせたが、念のため、抑制剤を飲んでおくことにした。

オメガバース症候群の発情抑制剤には、錠剤を服用するものの他、医者から注射液を持たされている。アレルギー治療に使われるのと同様の、ペンタイプのものだ。

通常は、錠剤の薬を服用することで発情期の症状は九割がた抑えられる。だるいな、と発情期の予兆を感じたら薬を飲めばいい。

ペンタイプの注射薬は『緊急用』なのだそうだ。たまたまアルファの男性といる時に発情した場合、服用では間に合わないので注射薬を使用する。

もっとも、オメガバース症候群の患者数は極めて少ないから、普段から発情期にきちんと薬を飲むようにしておけば、そうした偶然は起こりにくいだろうとも言われていた。錠剤を飲んで少しすると、だるさが治まった。やはり、発情しかけているのかもしれない。

（まだ、発情期には早いのに）

たまに数日ずれることはあるが、今回は早すぎる。あの夜を思い出し、不安になった。だるさと身体の熱が治まるのを待ち、身支度をして隣の子供部屋へ行った。幸多はもう起きていて、パジャマのまま絵本を読んでいた。

「ユウちゃん、きょうもまたおふろはいろーね！　大きいのと、こどもようのどっちも」

着替えをさせようとすると、そんなことを言う。家ではお風呂に入るのを嫌がるのに、昨日、二人で入った大きな浴場が気に入ったらしい。

子供用、というのは子供部屋に付いているバスルームだ。トイレも浴槽も幸多に合わせた子供サイズになっていて、カラフルで可愛いクマやウサギの絵が描かれている。

蛇口が可愛いライオンの口になっていて、こちらも幸多は大喜びだった。

「きょうも、ここにとまる？」

「うん。でも明日は帰らないとね」

言うと、幸多は残念そうに肩を落とした。

「ずっとここにいたいなあ。コウね、じぇーのうちの子になる」

なんの気もなく口にしたのだろう。しかし、優吾は思わず考えてしまった。昨晩、Ｊはデイヴィス家の事業から退いたのだと言っていた。しがらみを捨て、日本に帰化するつもりだと。

優吾を愛しているとも言っていた。いったいいつからなのだろう。優吾はＪといるうちに自分の感情に気づいたが、Ｊとは少しもセクシャルな雰囲気にはならなかった。彼はいつも紳士で、優吾に対してそうした目を向けたことはない。

だからこれは自分の片思いで、叶《かな》わない恋なのだと諦《あきら》めていたのに。

「ユウちゃん？」

じっと息子を見つめてしまった優吾に、幸多は首を傾げる。それから「あっ」と何かに気づいた顔になった。

「うそだよ。コウ、じぇーんちの子にならないよ。ユウちゃんだいすきだからね」

子供に慰められてしまった。優吾は思わず微笑み、幸多をぎゅうっと抱きしめた。

「俺も幸多が大好き。よそに行ったら悲しいな」

抱きしめたままユラユラしていると、幸多も腕の中でユラユラする。二人でフフッと笑い合った。

「ユウちゃん、いいにおいするね」

「匂い？」

抱擁を解いて聞き返した。なんの匂いだろう。自分の腕を嗅いでみたが、特に何もしなかった。

「匂いする？」

「うん、いつものによい。おはなみたいなの。ユウちゃんがだるい時、いつもいいによいするよ。今日もだるい？　だいじょうぶ？」

幸多が心配そうに優吾を見上げる。幸多も、発情期の匂いを嗅ぎ取っていたのだ。いい匂いがする時は、優吾の具合が悪い時だとも理解していた。

発情期のフェロモンの香りは、オメガバース症候群の人間ならばすぐに気づく。幸多もアルファかオメガなのだろうか。しかしベータの人間でも、感知できる場合があるという。幸多がベータであることを祈りたい。

「俺は大丈夫だよ。ありがとう」

優吾は言ってもう一度、幸多を抱きしめる。だが内心は不安でたまらなかった。

幸多が匂いに気づいたのなら、Ｊにも影響があるのではないだろうか。薬は飲んだが、万が一ということがある。もうあの夜のような失敗は絶対にしたくない。

考えて、優吾は「幸多」と呼びかけた。

「だるくはないけど、念のため今日はお休みしようと思うんだ。朝ご飯は、幸多一人で行けるかな」

Jには近づかないほうがいい。優吾が様子を窺うと、幸多は頼られたと思ったのか、きゅっと表情を引き締めた。

「だいじょーぶ！　まかせて。ユウちゃんはねんねしてて」

「ありがとう」

ポンポン、と肩まで叩かれた。頼もしい。しかし屋敷は広いので、食堂に行くのに幸多だけでは迷ってしまうかもしれない。

何かあれば内線電話を、と言われていたので、子供部屋の内線電話を取ると、ホームスタッフが出てくれた。

優吾は体調が悪いので少し休むこと、朝食を食べるのに幸多を食堂まで連れていってほしいとお願いすると、少しして後藤が現れた。

「ご迷惑をおかけして申し訳ありません。大したことはないんですが、念のために休んでおきたいんです」

後藤の手を煩わせることに恐縮しながら言うと、後藤は皺《しわ》の寄った目尻をくしゃりと崩して微笑んだ。

「大丈夫ですよ。どうぞそんなに気を遣わないでください。私は秘書と名乗りましたが、Jがアメリカの事業経営を退いてからは、実質的な仕事はもうあまりないのです。なので今後は、この家の執事として働こうかと。今までもそういう仕事でしたしね」

昨日の夕食でもちらりと聞いたが、後藤はもともと、Jの父の生活全般をフォローする仕事だったのだそうだ。

「Jが幸多君くらいの年の頃からの付き合いですし、彼のほうがずっとやんちゃでしたからね。その点、幸多君はいい子ですよ」

後藤は言って、幸多の前にしゃがみこんだ。幸多の向こうにJの幼い頃を見るように、懐かしげな眼差《まなざ》しを送る。

「そういうわけで幸多君。今日は優吾さんとではなく、私と一緒に遊んでくれますか？」

優しい問いかけに、幸多も「はーい！」と元気よく手を挙げて答えた。日頃から年配の常連客に可愛がってもらっているので、幸多は後藤くらいの年齢の人が大好きだ。

「食欲があるようでしたら、優吾さんの部屋に食事を運ばせましょう」

「何から何まですみません」

頭を下げると、後藤は「ほら、遠慮はなしですよ」と軽い口調で言い、幸多を連れて部屋を出ていった。

幸多のパジャマや絵本を片付けて、自分の部屋に戻る。薬が効いているはずなのに、まだ少し気だるい感じがした。

もう一度、パジャマに着替え直してベッドに横になる。目をつぶっても、Ｊの顔と昨日の言葉が頭に浮かんだ。

(――君を愛している)

彼に口づけされた手の甲が熱を持っている気がして、布団の中で手を擦った。

愛しているという言葉が本当なら、嬉しい。彼の気持ちに応えたい。だが自分には秘密が多すぎた。

この忌まわしい身体は、Ｊにも影響を及ぼす。そして幸多のこと。

資産を残すために子供を作るつもりはない、という彼の皮肉っぽい声音が耳に残っている。子供そのものを否定した言葉ではなかったが、無断で彼の子供を産んだ優吾にはどきりとする言葉だった。

もし、この身体のことや、幸多のことを知ったら、Ｊはどうするだろう。そもそも信じないかもしれないし、少しでも迷惑そうにされたらと思うと、怖くてたまらなくなった。

（俺は、どうすればいいんだろう）

Ｊの求愛は義務感からだと思っていたが、本当に愛しているのだと言われた今、新たな困惑が優吾の中に広がっている。

ベッドの中で悶々《もんもん》としている中、部屋をノックする音が聞こえた。先ほど後藤が言っていた食事を運んでくれたのだと思い、慌てて身を起こして「どうぞ」と答える。

ドアが開いて美味しそうな匂いが漂ってきたが、食事のプレートを運んできたのはＪだった。

「Ｊ！」

「おはよう。体調はどうだ？」

にこやかに部屋に入ってくるから、優吾は血相を変えた。

「待って、俺に近づかないでください！」

強く叫んでから、そんな自分にハッとする。Ｊは驚いたようにパチパチと瞬《まばた》きしてみせた。

「すみません。あの……うつる病気だったら困るから」

もごもごと言い訳をした。発情期のフェロモンが、Ｊに影響したらどうしよう。ベッドの上に座ったまま布団を頭からかぶったが、匂いが漏れたらと思うと気が気ではなかった。

「優吾、大丈夫だ」

いつもは聡《さと》い人なのに、こちらの心配に気づいていないのか、穏やかに言う。

食事を窓際のテーブルに置くと、ベッドに近づいた。

「お願いです、来ないで」

「大丈夫だ。私も予防の薬を飲んでるから」

そういうことではないのに。しかし、ベッドの縁に腰かけたJはいつもと変わらず、優吾の発情にあてられた様子はなかった。優吾の顔を覗き込む。

「体調が悪いと言っていたが、薬は飲んだかい？」

理性的な琥珀色の瞳に少し安堵《あんど》して、優吾はおずおずとうなずいた。

「幸多君は我々で面倒を見るから、君は気にしなくていい。といっても、相手をするのは主に後藤なんだけどね」

「J、あの……」

「ゆっくり休んで。でも、私から逃げるのはなしだ」

優吾の退路を断つように、きっぱりとJは言った。

「何も言わずにいなくなるのは、もうやめてくれ」

悲しげに言って、布団から覗く優吾の肩を撫《な》でる。一瞬、ビクッとおののいてしまったが、手つきが優しくて抵抗するのを忘れた。

「……本当なんですか。俺のこと、愛してるって」

「まだ信じられない？」

困った顔で聞き返され、「だって」と反論した。

「一緒にいたのに、そんな素振りは少しもなかった。それで数年ぶりに現れて、いきなり愛してるって言われても……」

信じられない、と言うと、Jは英語で『なるほどね』と、つぶやいた。

「表立って口説かなかったのは、私が君の雇用主だったからだよ。君がゲイかどうかはわからなかったし、気持ちもわからなかった。なんとなく、私に好意を抱いていることはわかったが」

もともと、優吾は有笠城一郎の日本画に惹《ひ》かれていた。Jがその画家だと知ったからこその好意なのか、それともJはJとして見てくれているのか、判断がつきかねた。

「私は、最初から君が気に入っていた。あの桜の絵を好きだと言ってくれた青年に興味があったし、実際に会ってみたら、思っていた以上に素直で魅力的な青年だった。おまけにすこぶる美形だし」

出会ったその瞬間に「いいな」と思った。

それから、優吾が桜画廊で働くようになって、誠実で努力家であることを知り、その人となりにさらに惹かれていった。

「手放したくないなと思ったのは、君を社員に採用した時期かな」

優秀な人材だし、そのまま社員になってほしいと願っていたが、優吾がもしかしたら他の企業に行ってしまうのではないかと心配だった。そのまま残ってくれると聞いて、画廊の経営者としての喜びとは別に、優吾と離れずに済んだことを安堵する自分がいた。

「優しくて、真っ直ぐで誠実で。いつの間にか君に本気になっていた」

想いを自覚して、Jは優吾へアプローチすることに決めた。

「だが、雇用主があからさまに従業員を口説いたらセクハラだろう。ゆっくり距離を縮めようと思った」

それでは、優吾がJへの気持ちを自覚した時から、すでにJも自分を愛してくれていたということか。

そんなに以前からとは知らず、驚いていると、Jはクスッとおかしそうに笑った。

「驚いた顔をしてるな。あの夜のことがなかったら、まず友達として距離を縮めるつもりだった。お互いの過去の恋愛話や、好みのタイプなんかも話し合えるようなね。そして、私がいつかデイヴィスの名を捨てて、日本に定住する構想も打ち明けるつもりだった」

けれどあの夜、わけがわからないまま一足飛びに身体の関係を持ってしまい、そして優吾は姿を消した。

「もう君に会えないかもしれないと思ったら、頭がおかしくなりそうだった。でも今となっては、あの夜があってよかったのかもしれないとも思う。君を思い切って口説くきっかけになったから」

Jの指先が、優吾の指先にそっと触れる。ほんの少し触れただけなのに、そこがじんと甘く痺《しび》れた。

「君を愛してる。本当に愛してるんだ。それだけは信じてほしい。そして、どうか私とこれから生きることを考えてみてくれないか」

「Jと、生きる……」

「君と私と、それから幸多君と。三人でだ」

Jは本気だ。ただ気軽に付き合おうという話ではない。本気で、優吾とその息子と家族になろうとしている。

嬉しい。最初に感じたのは喜びだった。しかしすぐさま「でも」と、その喜びを打ち消す声がする。

優吾には秘密がある。隠したまま、彼の手を取ることはできない。

そのためらいを見透かすように、Ｊは「優吾」と優しく呼んでその手を握った。

「君は昨日、私とは世界が違うと言った。たとえデイヴィスの名を捨てても、私の手を取るには不安があるかもしれない。だが私は、何があっても君と幸多君を守ると誓う」

そうしてその手を取ったかと思うと、昨晩のように手の甲にキスをした。

「信じられないなら何度でも愛を乞う。一生、君たちを愛し続けると誓う。だから君も逃げないで考えてほしい。私を本当はどう思っているか」

「あなたを、どう思っているか……？」

真っ直ぐなその問いは、その時なぜか、初めて聞いた言葉のように新鮮に聞こえた。

「そう。ごくシンプルな問題だ。私は君を愛している。君は私を愛しているのかいないのか。ただそれだけだ。他は何も考えなくていい。それ以外の問題は……君が私を選んでくれるとして……二人で解決していけばいいんだから」

ごくシンプルに考える。優吾はＪをどう思っているか。そんなの、答えは最初から決まっていた。

優吾はＪが好きだ。愛している。もし許されるなら……いや、そんなことを考えなくていいのなら、自分の気持ちを正直に言えば、Ｊの手を取りたい。

でも、いいのだろうか。この身体は、そして幸多の存在は、Ｊの枷になりはしないだろうか。

この人の行く道に、自分の存在が少しでも影になるなら、離れるべきだと思っていた。でも、逃げないで、とJは言った。Jの真摯《しんし》な言葉が、優吾の固まった思考をゆるゆると溶かしていく。

自分の気持ちを前に出してしまって、いいのだろうか。

優吾の内なる葛藤は、戸惑いに見えたのかもしれない。相手を見つめたまま黙り込んだのを見て、Jは安心させるように手を撫で、視線を伏せた。

「具合が悪い時にすまなかった。今はゆっくり休んで。体調が良くなったら、また考えてほしい」

言うと、ベッドの縁から立ち上がる。そのまま立ち去ろうとした。

「――待ってください」

気づくと、Jを呼び止めていた。それはほとんど無意識だったが、振り返った彼の顔を見て、自分の言うべき言葉が見つかった。

逃げずに、シンプルに考える。自分が本当はどうしたいのか。どうしたかったのか。

「俺も。J、俺もです」

本当の気持ちは、ずっと変わらない。抑えようとしても、忘れようとしても忘れきれなかった。この数年の間、ずっと彼の思い出を胸に抱いていたのだ。

「俺も……J、あなたを愛しています」

Jが驚いたように目を瞠る。彼の、わずかに開いた唇がわななないた。

「優吾……」

喜びと、本当に？　という心細さの入り混じった表情。彼だって、本当は優吾の返事を待ちながら不安だったのだ。

それを理解して、優吾の胸はきゅうっと切なくなる。

逃げずに、彼にすべてを打ち明けたい。本当のことを知ったら、彼はどんな反応をするだろう。怖い。でも信じたい。

「ずっと、アルバイトをしていた時から好きでした。憧《あこが》れがいつの間にか、恋に変わってた。あなただけをずっと愛しています」

Jがくしゃりと顔を歪《ゆが》ませて、「近づいてもいいか？」と口にした。うなずくと、足早に近づいた彼は、かぶっていた布団を払いのけて優吾を抱きしめた。

「優吾」

極まったように名前を呼ばれ、優吾は慌てて言った。

「でも俺は、まだあなたに言ってないことがあるんです。どうしても言えなかった。打ち明けたら、あなたに迷惑をかけるかもしれない。怖いんです。怖かった。俺は……」

「大丈夫だ、優吾」

Jは静かに言って抱擁を解いた。優吾の頬を両手で挟んで、温かな琥珀色の瞳がこちらを見つめている。

「迷惑なんてそんなこと、考えなくていいんだ。君が私を愛してくれるだけで、それだけでじゅうぶんなんだから」

その目を見ていると、何もかも大丈夫だという気がしてくる。大丈夫。Jは受け止めてくれる、と。

「君が秘密を口にしてくれるのを、ずっと待っていた。勇気を出してくれて、ありがとう」

まだ何も話していない。でも、Jはその意思だけでじゅうぶんだと言うように、優吾を再び抱きしめる。

「J、J……っ」

優吾もJの背中に腕を回した。Jと離れて寂しかった。会いたかった。愛も秘密も何もかも打ち明けてしまいたかった。

「夢みたいだ」

思わずつぶやくと、耳元でJがふふっと笑う。

「それはこっちのセリフだ」

二人の間に甘く柔らかな空気が流れかけた時だった。

——変化は、唐突に現れた。

不意に、心臓が大きく跳ねた気がした。最初はそれを、思いが通じ合った胸の高鳴りだと勘違いした。

しかし続いて、耳にうるさいくらいに鼓動が高鳴る。かあっと身体が火照り、全身に甘い疼きが走った。

「……っ？」

抑制剤を飲んでいるにもかかわらず、強い発情の兆しを感じて、優吾は驚いた。

「優吾？」

Jが怪訝そう首を傾げる。すぐに何かに気づいたように、大きく目を見開いた。その時には優吾の身体はすでに、じくじくと疼き始めていた。

「あ……っ」

身体が発情している。しかもこれは、いつになく激しい身体の変化だった。まるであの夜を再現するように、理性の吹き飛ぶような情欲を覚える。

「J、すみません。……離れてください。どうか、部屋から」

出ていって、という言葉は声にならなかった。身体が性欲に激しく震え、優吾は自分の身体を腕で抱き込むようにしてベッドに倒れ込んだ。

「優吾！」

Jが急いで抱き起こそうとする。だが優吾へ手を伸ばしたところで、ビクッと震えて静止した。

息を呑む音がして顔を上げると、Jが口元を押さえていた。顔が赤い。優吾の発情にあてられたのだ。

(どうしよう)

今、こんな状態で発情するなんて。また、あの夜と同じことを繰り返したくない。

せっかく思いが通じ合ったのに、Jになんの事情も知らせないまま、身体を合わせたくなかった。

「J、離れて……」

声を出すだけで刺激になり、身体が震える。しかしJは離れず、苦しみを堪えるように眉根を寄せながら、優吾をじっと見つめていた。

「甘い匂いだ。あの夜みたいに。だが、もっとずっと強い——」

やがて、荒く息をついて言う。また理性を失ってしまうのか。今、真実を告げるべきだろうか。

悶えるような情欲の疼きの中、必死に頭を動かそうとした。しかし、こちらが何かを言うより早く、Ｊが再び荒い息の合間に口を開いた。

「さっき、薬は飲んだと言ったね」

「え……？　は、はい」

「私も飲んだんだ。だが、おかしい。薬が効かないようだ」

Ｊは独り言をつぶやくように言い、シャツのポケットから携帯電話を取り出してどこかにかけた。わずかな間の後、「後藤」と電話の相手に呼びかけた。

「……私だ。やはり、優吾のヒートが始まった。しかも、薬が効いていないようだ。……優吾も、私もだ。私もラットの状態にある」

Ｊはまるで、状況を正しく把握しているかのように話す。だが優吾には、ヒートやラット、という言葉がわからない。事態が飲み込めず、呆然とした。

「ああ、医療スタッフを待機させ、連絡するまで部屋には誰も近づけないように。幸多君には、上手く言っておいてくれ」

早口に言って電話を切る。それからズボンの後ろのポケットからペンのようなものを取り出し、自分の腕に刺した。

「J……あの？」

「緊急用のラット抑制剤だ。これで治まらないようなら、君から離れたほうがいいな」

「ラット……」

「日本ではそう言わない？　オメガのヒート……発情に誘発されて、アルファが発情状態になる。英語圏ではそう呼んでいる」

オメガ、アルファ。Jの口からその名が出て、優吾は驚いた。一瞬、発情の疼きも忘れたくらいだ。

「どうして、知っているのかって？　あの夜起こったことがなんだったのか、ずっと調べていた。……薬が効かないいな。数秒で効果が出るはずなのに」

優吾もJも抑制剤を飲んだ。なおかつ、Jは緊急用の注射薬まで投与したのに効果がない。優吾はすでに、局部が痛いほど張り詰めていた。そればかりか、後ろが目の前の雄を欲し、切なくひくついている。

「君と再会した後だ。時折、君が店を休む前後になると、君から仄《ほの》かに甘い香りがした。あの夜と同じ香りが。それが手がかりになって、ようやく辿り着いた」

オメガバース症候群。自分がアルファで、優吾がオメガだということに。

「それじゃあ……」

「事実を突きつけることもできた。だが、それよりも先に君の気持ちを聞きたかったんだ」

優吾が自分を愛していないのなら、そして真実を秘匿し続けたいなら、そのままにしておこうと思った。

「できれば友人として、それができないのなら、遠くから見守るつもりでいた」

優吾はJが苦しそうに微笑むのを見た時、鼻の奥がツンと痛くなった。

(本当に、この人は……)

献身的に、本当に優吾を愛してくれている。自分のことより優吾の感情を考えていてくれる。

「J……ごめんなさい」

優吾は思わず、Jにしがみついた。我知らず涙が出た。

「どうして謝るんだ」

彼は優しく、優吾を抱きしめてくれる。互いの身体が熱かった。限界が来ている。でも、もう離れたくない。

「あなたから逃げた。何もあなたに言わなかった。幸多のことも黙って……幸多は、あなたの子です」

　ありがとう、と耳元で優しい声がした。

「それを君の口から聞きたかった。ずっと一人で抱えて……辛かっただろう。君が大変な時に離れていて、すまなかった」

　その言葉に、心が弛緩《しかん》した。もう何も心配することはない。優吾はぎゅっと相手を抱きしめた。


　Jは自分も身体が辛いだろうに、優吾を抱き上げ、自分の部屋まで移動した。

　理性を手放しそうなこの状況で子供部屋の隣にいるのは、どちらも気が気ではない。

　しかし、部屋を移って優吾をベッドに下ろした途端、Jは紳士でいるのをやめた。優吾の上に覆いかぶさり、噛みつくような激しさでキスをする。

「ん……っ」

「すまない……優しくできそうにない」

　それでも堪えるように掠れた声で言う、この人が愛しかった。

「いいんです。俺だってもう、我慢できない……っ」

優吾が叫んだ途端、琥珀色の瞳がぎらりと光った気がした。大きな手が伸びて、パジャマのボタンを引きちぎるように外し、優吾を裸にしていく。

そして馬乗りになったJの股間《こかん》も、はっきりと張り詰めていた。優吾もJのズボンのベルトを外そうとしたが、興奮で手がおぼつかなかった。

Jはかすかに笑って、自ら前をくつろげる。怒張したペニスが跳ね上がり、先走りが優吾の胸を濡らした。

「あ……」

反り返ったペニスを見て、目がチカチカするほどの興奮を覚える。初めての時よりも戸惑いがない分、快楽と興奮に心が素直になれた。

Jは優吾のパジャマのズボンも下着ごと剝《は》ぎ取り、大きく足を開かせる。ひくつく後ろに指をもぐりこませた。

「もうこんなに濡らして」

クチュクチュと水音を立て、指が抜き差しされる。

「いやらしい穴だ。何もしないのに入りそうだな」

いつもは決して聞くことのできない酷薄な声に、優吾はゾクゾクした。

「い……入れてください、もう……」

優吾もまた、普段なら絶対にしない痴態を見せ、Jを誘った。丁寧な前戯より、今はJのペニスがほしかった。

後ろから指が引き抜かれ、足を抱え上げられる。キスを一つだけして、Jがゆっくりと入ってきた。

「あ……あっ」

根元までずぶずぶと埋め込まれる。下生えが優吾の陰嚢《いんのう》をくすぐった。

「だ、だめ……あぁっ」

信じられないほどの快感が、頭から足の先まで駆け巡る。優吾は喉をのけ反らせ、ぶるぶると震えた。

びゅっと勢いよく射精し、飛沫《ひまつ》が胸にまで飛んだ。

「入れただけなのに？」

Jはなおもわななく優吾に、くすっと意地悪く笑う。仕方ないでしょう、と相手を睨むと、Jは腰を緩くグラインドさせる。ぐりぐりとペニスで奥を刺激された。

「あぅっ……」

「とはいえ私も、長く持ちそうにないんだが」

優吾の唇を啄むように奪ってから、Jは激しく後ろを穿ち始めた。

「や、いきなり……っ」

潤んだ肉壁を熱いペニスが擦り上げる。達したばかりなのに、絶えず絶頂にいるかのようだった。

「ひ、あっ……あっ」

あられもない声が漏れ、Jはそれに煽られるように乱暴に腰を打ちつけた。

「……っ」

Jが唐突に息を詰め、動きを止めた。優吾の腰を抱く腕に力がこもる。快感のため息とともに、優吾の中へと射精した。

「ふ……ぅっ」

奥がじんわりぬるむような感覚に、優吾も快感を覚える。けれどまだ足りなかった。

もっともっと、Jがほしい。

しかし、そんな優吾の願いを裏切るように、Jがおもむろにペニスを引き抜いた。

「あぁ……J……」

「そんな顔をするな。まだまだ、こんなものでは終わらないさ」

言って、優吾を四つん這いにさせた。尻たぶを摑み、後ろからペニスを突き立てる。

背後から手が伸びて、優吾の尖った乳首を捏ねた。普段は意識したことすらないそこが、性感帯となってさらなる快感を呼び起こす。

「あ、あっ」

気づけば優吾もまた、腰を振りたくってJの動きに応えていた。

「J、J……っ」

感じすぎて切ない。振り返ると、Jが薄く笑った。身を屈《かが》めて優吾にキスをする。

「愛してる、優吾。こうしてまた君を抱けるなんて、夢みたいだ」

「俺も……あなたのこと、あの夜のことも、忘れられなかった」

もう、あの夜のことを忘れる必要はない。この快楽に怯えることもないのだ。

何度も優吾の唇を啄んでいたJは、肩や首筋にもキスを落としていく。

「君から、たまらなくいい匂いがする。このまま食べてしまいたいくらい、甘い匂いだ」

軽く肩を噛まれ、優吾は甘い悲鳴を上げた。

「ほんとに、食べたら……だめです……っ」

後ろを穿たれながら、肌に牙《きば》を立てられる。甘い痛みは快感を増幅させた。だめ、と言いながら、誘うように首筋を差し出す。

た。

「優吾、優吾……」

Jが切なげな声で呼び、軽くうなじを噛んだ時、ドクン、と全身に熱いものが駆け巡った。

「あ、あ……J、もっと」

その痛みを、もっと享受したい。Jに何もかもを委《ゆだ》ねたい。

不思議な欲求が優吾を満たした。相手の理性を失わせるように、腰を振り、きゅうっと肉襞で雄を締めつける。

「ゆう、ご……っ」

たまらない、というようにJが掠れた声を上げた。中で雄が硬く大きく育つのを感じる。

同時に、うなじに鋭い痛みが走った。

「あぅ……」

耳元で、ふうふうと荒い息遣いが聞こえる。Jはうなじを噛んだまま、強く腰を穿った。

「やぁっ、あっ、あ……」

不思議な感覚だった。目の眩《くら》むほどの快感と、身体中の血液が躍動するような奇妙な清々しさ。

この身体はJと一つのものになったのだと、情欲の熱に浮かされた頭の片隅で確信した。

「J……っ」

ビクビクと身体を震わせて、二度目の精を吐く。ほとんど同時に、Jが吐精するのを感じた。

繋がったまま、絶頂の余韻にしばらく、荒い息をついていた。

少し経って、ようやくうなじから唇が離れる。振り返ってJを見つめると、Jも優吾を見つめた。どちらからともなく、キスをする。

不思議な一体感。この感覚をおそらく、Jも味わっている。その証拠に、言葉にしなくても互いに何がしたいのかわかった。

Jが優吾からペニスを引き抜くと、優吾はJに向き直って、その胸に抱きつく。ぴったりと寄り添う優吾の身体を、Jの逞しい腕が抱きしめた。

無言のまましばらく抱き合い、それからまた、二人はいつ終わるともわからない激しいまぐわいを続けた。

日が傾き始めると、病院の待ち合いロビーには窓から眩《まぶ》しい西日が差し込んでくる。

強い日の光に眼をしょぼしょぼさせていると、Ｊが身体を傾けて影を作ってくれた。

「席を移ろうか」

「いえ、大丈夫です。……本当だ、幸多によく似てる」

携帯の端末に転送された写真を開いて、優吾は驚きに目を瞠った。

写真には幸多くらいの年齢のＪが、若い後藤と並んで手を繫いでいる姿が映っている。

幸多と、Ｊの子供の頃がそっくりだとかねてより聞かされていたので、後藤から写真を送ってもらったのだった。

気持ちを打ち明け、発情の最中に再び身体を繫げたあの日から、はや二か月が過ぎた。

あの日、二人は朝から抱き合って、日が暮れるまでまぐわい続けた。おかげで翌日は精根尽き果ててぐったりしてしまい、夕方までどこにも行かずに休んでの帰宅となった。

幸多には、後藤や他のスタッフがつきっきりで構ってくれていて、森や湖で遊んでそれなりに満喫したようだが、優吾が寝込んだままだったので、幸多にも心配をかけてしまった。

四日目の朝には自宅に戻り、店も通常どおり営業できるようになった。

Ｊは相変わらず、暇を見つけては『珈琲みずの』に通っている。優吾は店があるし、さすがに毎日ヘリで通勤、というわけにはいかないので、優吾も幸多も当分は今までどおり、実家暮らしだ。

ただ、家族にはJのことを話し、彼を家族に紹介した。近いうちにスケジュールを合わせて、Jの邸宅で食事会をする予定だ。

幼い幸多にはまだ、すべてを説明することはできないし、家族以外には当面、Jと優吾は友人ということになるだろう。すぐに何もかもが進むわけではない。

それでもゆっくり進んでいこうと、Jと話し合った。

日常が戻る中、優吾の身体にある変化が現れた。今日はその診察のため、病院を訪れたのだった。

「水野さん、診察室にお入りください」

Jの写真を眺めていると、看護師から呼ばれて二人は立ち上がった。

「緊張してるのか？」

無言で立ち上がった優吾に、Jが隣から優しく尋ねる。「少しだけ」と答えると、そっと手を握られた。

「大丈夫。何があっても私がいるから」

その言葉と手のぬくもりに、優吾はたちまち自分の緊張が解けるのを感じた。

診察室に入ると、担当医が二人を迎えた。

「検査の結果が出ました」

端末を操作しながら、医師は二人に言った。先ほど検査の前、Jとともにこの診察室に入った時、医師はJの顔を見て、幸多の父親だと察したようだった。

Jの口からは、アルファのパートナーだと聞いただけだったが、優吾に向かって「よかったですね」と笑顔で言った。

「結果ですが、水野さんに妊娠の兆候はありませんでした」

医師の言葉に二人揃って息をつく。安心したが、少し残念な気もした。Jも同じ気持ちだったらしい。隣を見ると、微笑んで肩をすくめた。

「アルファ、オメガともに発情状態での性交は、妊娠確率が非常に高いと言われています。でも今回は、どちらも抑制剤を飲んでいましたからね。薬は完全には効かないまでも、避妊効果に問題はなかったようです」

「しかしその後、優吾にヒートが来ないんです。オメガの場合、妊娠以外で発情期が来ないことはあり得ないと聞いていたが」

Jが言う。オメガバース症候群という事実を突き止めたJは、アメリカの医療機関で自身がアルファであることも確認した。オメガバース症候群についてのレクチャーを受け、日本でもアルファの発情を抑える薬を処方されている。

「完全に発情期がないわけではないでしょう。身体のだるさなど、一定の発情の兆候が見られます。症状が軽いだけで、皆無ではない。それにデイヴィスさんと発情期に一緒にいる時だけ、はっきりとヒートになる」

そうなのだ。二人が結ばれたあの日から、優吾の体質が変化した。

いつもの発情の周期になると、多少は気だるくそれらしい兆候があるものの、以前のように強い身体の疼きはなくなった。アルファに影響を及ぼさないよう、念のため薬は飲んでいるが、優吾自身は服用しなくても体調に問題がない。

ところが、発情の周期中にJと会うと、途端に強い発情の状態となってしまう。この時は、薬が効きにくくなった。

ひと月目は様子を見たが、二か月目にも同様の状態だったので、こうして受診にきたのである。

「検査結果としては、何も問題が見つかりません。数値も前回の定期検査と変わらない。妊娠しておらず、ただ症状が軽くなったのであれば、対処も特には必要ないと思いますね。発情時期にだけパートナーと物理的な距離を置いておけば、生活に支障はないでしょう」

確かに、発情期にだけJと離れてさえいれば、あとはむしろ、今までより楽になったのだ。健康状態も良好で、問題はない。

「しかしなぜ急に、優吾の身体は変化したんでしょう」

　Jはまだ心配なようだ。食い下がると、医師は「うーん」と困ったように唸った。

「この症候についてはまだ、未解明のことも多いんですよね。考えられるとしたら、うなじでしょうかねえ」

　医師が自分のうなじをさする。優吾もつられたようにうなじをさすすり、なんとなく恥ずかしくなった。Jも気まずそうな顔をしている。

　優吾のうなじには、薄《う》っすらと噛み痕《あと》が残っている。あの情交の際、Jが極まって噛みついた時のものだ。ひどく傷つけられたわけではない。強く噛まれたわりには出血もなかったし、普通ならせいぜい、数時間痕が残るくらいだ。

　なのに二か月経った今も、うなじにはJの噛んだ形に、薄っすらと内出血のような痕がついたままだ。

　襟付きのシャツで隠れるし、ちょっと色が変わっているというくらいで、よく観察しなければ歯型だとはわからない。

　しかし痕をつけた本人は、優吾の肌を傷つけたとひどく気に病んでいた。優吾自身は大して気にしていないのだが。

　家族も気づいていなかったが、先ほど検査の際、医師が目ざとくうなじの痕を目に留めて尋ねてきた。どうしたのかと聞かれ、優吾が恥ずかしくて答えられずにいると、医師のほうから「パートナーに噛まれました？」と指摘してきたのだ。

「これは、症例と言えるほど確かなものではないんですが」

医師はうなじをさすりながら、そう前置きをした。

「アルファとオメガのカップルがやはり、今回と同様に発情期における性交中、うなじを噛んだケースがありまして。それ以来そのオメガの患者さんは、パートナーの方に対してしか発情しなくなったそうです」

他にそういった話は上がってきていないし、うなじを噛むことと発情状態の変化との因果関係も明らかになっていない。

ただし、総じて症状が軽くなったのであれば、現状は対処のしようがない。ともかく健康に問題がないのだから、当分は様子を見ましょう、というのが医師の判断だった。

「問題ないというが、君の身体でわからないことがあるというのは、不安だな。何かあったらすぐに言ってくれよ」

病院を出ると、Jはまだ心配そうにそんなことを言う。優吾はうなずきながらも笑ってしまった。

以前から優しかったし、気が利いて紳士だったけれど、恋人になったJはそれに輪をかけて過保護だ。優吾を大切にしてくれる。

優吾だけではない、幸多も、優吾の家族たちも。そして優吾の大切な居場所、『珈琲みずの』も。

「お祖母ちゃんたち、何か言ってました？」

病院の駐車場からヘリポートへ向かう車に乗り込みながら、確認する。優吾が病院の会計をしている間に、Ｊが祖母たちに電話で報告をしてくれていたのだ。

「どこも問題ないって聞いて、安心していたようだ。たまの休みなんだから、こっちのことは考えずにゆっくり楽しんでこいと」

「お祖母ちゃんらしい」

「でも私は、あまり君を甘やかすなと言われた。甘やかしているつもりはないんだが」

本当に自覚がなさそうに言うので、優吾はまた笑ってしまった。Ｊは不貞腐れたような顔をして、「君は笑い上戸なんだな」と言う。

湾岸のヘリポートから、二人はＪの邸宅へ向かった。まだ運転手付きの送迎やヘリには慣れないが、空路のほうが断然早いのだから仕方がない。

Ｊとは世界が違うと思っていたけれど、Ｊが優吾たちのライフスタイルを尊重してくれるように、優吾も少しずつ歩み寄っていくつもりだ。

ヘリは都市部を離れ、眼下にはあっという間に山林が広がった。

着陸を終えると、玄関から幸多が飛び出してくる。後ろから追いかけてきた後藤が「走ると転びますよ」と言ったそばから、ポテッと転んでいた。

「ジェー！　ユウちゃん！　おかえりー」

しかし芝生の上だったので、すぐにむくっと起き上がって駆け寄ってくる。Jがしゃがんで両腕を広げたその中に、ドーンと勢いよく飛び込んだ。

以前は優吾に飛び込んできたのに、ちょっと寂しい。もっとも、Jは優吾と違って毎日幸多に会えるわけではないので、仕方がないのだが。

「ダンゴムシ、いっぱい取ったの！　あとでジェーにも一個あげるね」

今日は留守番の間、後藤と外遊びを満喫したようだ。幼稚園のお休みの日と、店の定休日のたびにここに来ているが、もうすっかり屋敷の暮らしに慣れたようだ。Jにもだが、後藤によく懐いている。

「午後のお茶とお菓子を、と言いたいところだが、その前に、君たちに見せたいものがあるんだ」

幸多を抱き上げて屋敷の中へ向かいながら、Jが言った。

「見せたいもの？」

また何か、高い買い物をしたのでは、と身構えてしまう。Jは優吾や幸多のために贈り物をするのが楽しいらしく、値段を考えずに洋服だのアクセサリーだのを買うのだ。

実家には置ききれないので、この屋敷に置いてある。せっかくもらったものを置きっぱなしなのももったいない。幸多にあまり贅沢ばかり覚えさせたくないし。

高価なプレゼントは記念日だけだと、約束したはずだ。

そうですよね？　と無言でJをちらっと見ると、Jは大丈夫だよというように、笑いながら優吾の鼻の頭をちょん、とつついた。

「開かずの間だよ。秘密にしていたが、ようやく見せられる」

この屋敷でただ一つ、優吾と幸多が立ち入れなかった場所だ。

「ひみつのへや！」

幸多が歓声を上げ、優吾も秘密が解き明かされることにワクワクした。

三人で一階の開かずの部屋へ向かう。Jはドアの前で幸多を下ろし、「開けてごらん」と言った。

ドアには鍵《かぎ》がかかっていなかった。幸多が恐る恐るドアを開ける。途端に、中から独特の空気が漂ってきた。

どこか懐かしいこの匂いは、桜画廊の倉庫の匂いに似ている。しかし、倉庫ではなかった。

　中はアトリエになっていた。

　天井は高く、内壁と床はコンクリートになっていたが、古く使い込んだ木製の作業台や棚が据えられていて、不思議と落ち着く。奥の窓からは庭が見えた。

「あっ、おはな！」

　再びJに抱き上げられた幸多が、壁に掛けられた一枚の絵を指さした。

「――桜の絵だ」

　有笠城一郎の日本画だった。優吾がかつて大学の教授の研究室で見たものとは違う、構図はずっと洗練されていたが、それは紛れもなく彼の絵だった。落款《らっかん》は入っていないが、優吾にはわかる。

　ここはJのアトリエだ。かつて家のために捨てた、日本画の工房なのだ。

「J、これは」

「その桜の絵はただの習作だ。ずっと日本画から遠ざかっていたからね。見せたいものはこっち」

　そう言って案内してくれた広いアトリエの隅、書棚に囲まれた少し奥まった場所に、一枚の絵が立てかけてあった。

少し物悲しい夜桜の絵とは打って変わった、明るい色彩のそれは、人物画だ。

「あ、コウだ。コウがいる。ユウちゃんも」

先に幸多が声を上げた。明るい光の中、優吾と、優吾に抱き上げられた幸多が楽しそうに笑っている。飾り気のない優しく柔らかな、そして幸せそうな絵。

「優吾と再会して、親子二人の姿が幸せそうで、見るたびに楽しい気持ちになった。この中に自分も入りたいと思ったんだ」

「もう、入ってるじゃないですか」

優吾が言った。声が少し、震えてしまった。再会してから、忙しい仕事の合間にこの絵を描いていたのだ。

優吾の言葉に、Jも嬉しそうな顔をする。

「二人のこの笑顔を、守りたい。ずっと見ていたいんだ。改めて言う。君たちを愛してる。これからもそばにいさせてくれ」

琥珀色の瞳が優吾を見つめる。その隣で、同じ瞳をした幸多がキョトンと両親を交互に見ていた。

涙が出そうになるのを堪えて、優吾は微笑む。それから、Jの胸に身を寄せて、幸多ごときゅっと抱きしめた。

「はい。そばにいてください。これからもずっと」

困難なことがあっても、Ｊと幸多と三人で生きていきたい。

Ｊも優吾と幸多を抱きしめた。幸多がくすぐったそうに、くふふっと笑う。

優しい抱擁と子供の笑い声に、優吾は幸せでいっぱいになるのだった。

あとがき

こんにちは、初めまして。小中大豆と申します。

久しぶりのラルーナ文庫です。今回は現代オメガバースになりました。

オメガバースの作品をこれまでに二作ほど書いていたのですが、現代物では初めてになります。

攻がアメリカの大富豪という設定だったので、最初はハーレクインみたいな雰囲気にしたいな、とのほほんと考えていました。

圧倒的なスパダリにするんだ、と息巻いていたのに、書き上がってみると普通のハイスペック男子になってしまった気がします。

優しすぎるのがよくなかったんでしょうか。もうちょっと強引なところがあればよかったのかな、などと今さらに反省しています。

そんな優しいだけの男を、兼守美行先生が柔らかさを出しつつも男っぽく魅力的に描いてくださいました。

どのイラストも世界の奥行きを感じられる素晴らしいもので、ワクワクしました。ご迷惑をおかけしたにもかかわらず、素敵なお仕事をしていただき、ありがとうございます。担当様にもハラハラさせてしまい、申し訳ありません。

そして最後になりましたが、読者様。ここまでお付き合いくださり、ありがとうございました。自分では自分の作品が面白いのかどうかわからないのですが、どこか少しでも楽しいと感じていただけることを切に願っております。

それではまた、どこかでお会いできますように。

小中大豆

本作品は書き下ろしです。

ラルーナ文庫

この本を読んでのご意見・ご感想・ファンレターなどお待ちしております。〒111−0036 東京都台東区松が谷1−4−6−303 株式会社シーラボ「ラルーナ文庫編集部」気付でお送りください。

秘密《ひみつ》のオメガとアルファの貴公子《きこうし》——契《ちぎ》りの一夜《いちや》

2019年5月7日 第1刷発行

著　　者｜小中《こなか》 大豆《だいず》
装丁・DTP｜萩原 七唱
発 行 人｜曺 仁警
発 行 所｜株式会社 シーラボ
〒111-0036 東京都台東区松が谷1-4-6-303
電話 03-5830-3474／FAX 03-5830-3574
http://lalunabunko.com
発　　売｜株式会社 三交社
〒110-0016 東京都台東区台東4-20-9 大仙柴田ビル2階
電話 03-5826-4424／FAX 03-5826-4425
印刷・製本｜中央精版印刷株式会社

ISBN978-4-8155-3212-3